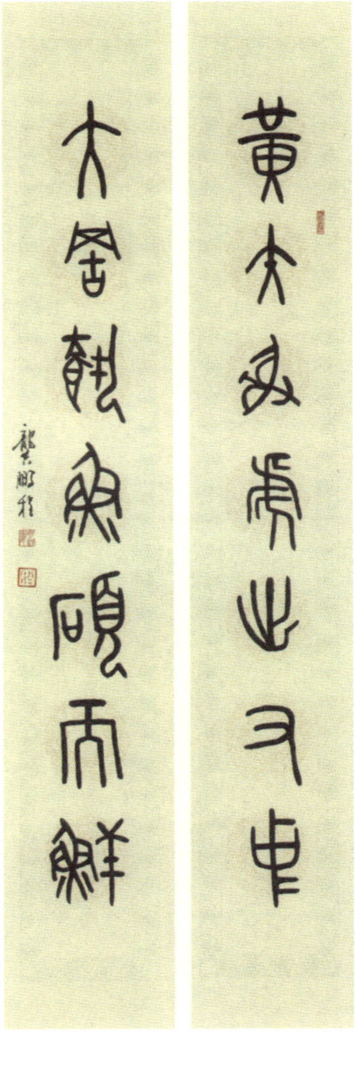

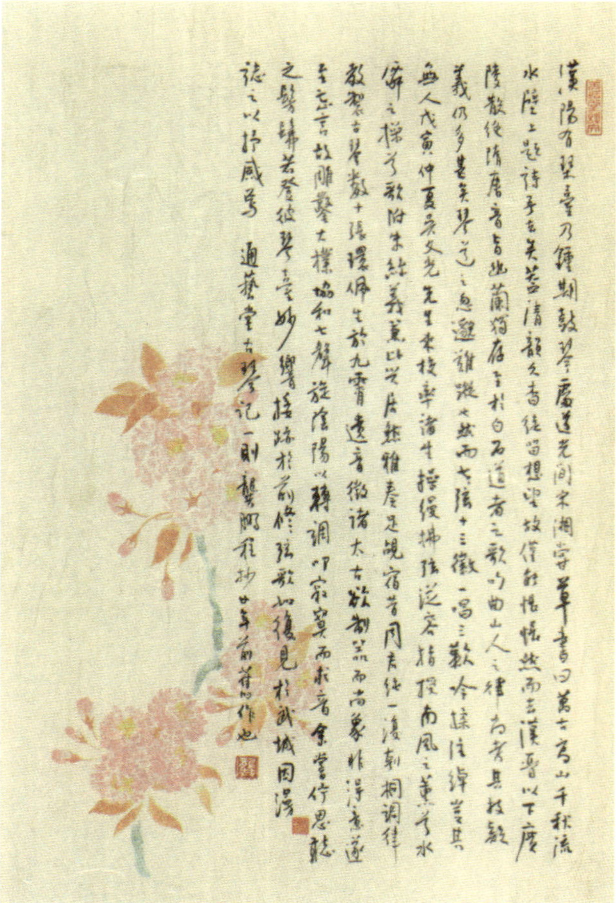
漢陽有琴臺乃鍾期聽琴處道光間宋湘寄草書曰萬古高山千秋流
水壁上題詩手亦美若清韻久杳徒留想望故作者悵然而去漢晉以下廣
陵散絕隋唐音旨幽蘭猶存于於白石道者之歌吟曲山人之律而考其投殺
義仍多甚矣琴道之息邈難繼也然而七弦十三徽一唱三歎吟猱綽注其
無人戊寅仲夏吳文光先生來校樂論并授緩拂弦從容指授南風之薰兮水
流之操兮歡附朱絲義兼以從居然雅奏足觀宿昔同未絕一瀉刻桐調律
教製古琴數十張環佩生於九霄遺音徽諸太古欲制器而尚象非浮意遂
令忘言故雕鑿大樸協和七聲旋宮陽以轉調叩宗寶而求音余嘗佇思聽
之聲歸若登彼琴臺妙響接踵於前修修弦歌而復見於武城因得
誌之以抒感焉　通藝堂古琴記一則　龔鵬程抄廿年前舊作也

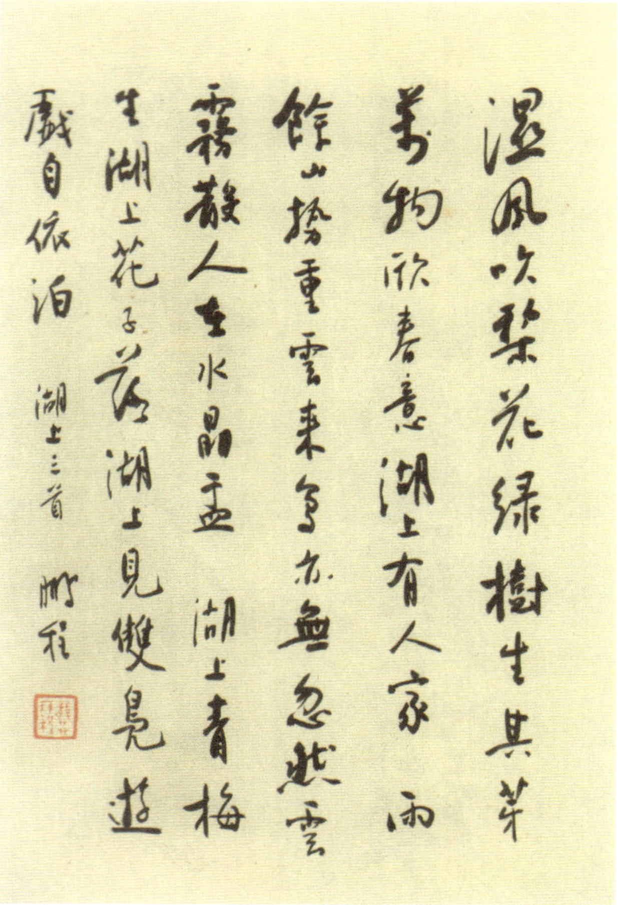
湿風吹梨花緑樹生其芽
萬物欲春意湖上有人家雨
餘山擁重雲來去亦無忽然雲
霧散人在水晶盃湖上青梅
生湖上花子落湖上見雙鳧遊
戲自依泊
湖上三首
鵬程

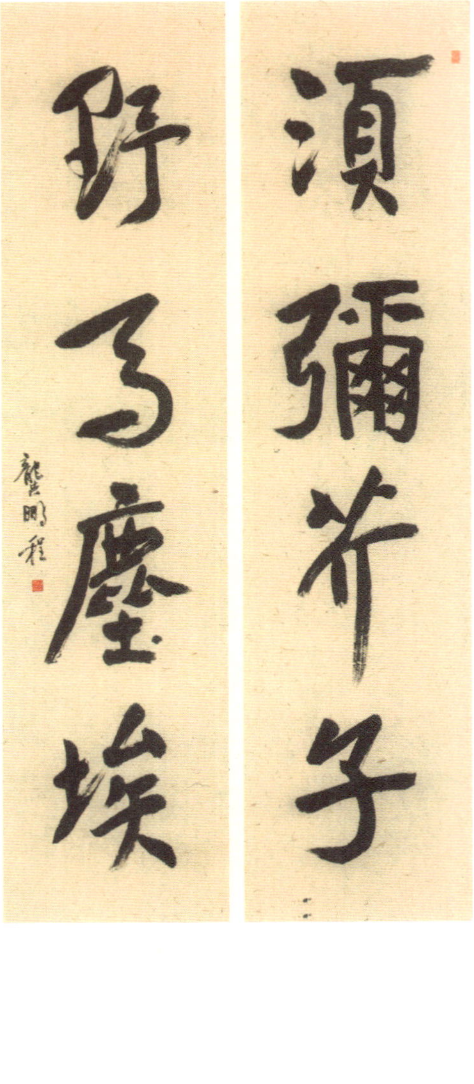
須彌芥子
野馬塵埃

# 古意

## 饮食男女与日常生活

龚鹏程　著

海南出版社
·海口·

**图书在版编目（CIP）数据**

古意：饮食男女与日常生活 / 龚鹏程著 . -- 海口：海南出版社，2023.1

（龚鹏程文选）

ISBN 978-7-5730-0849-7

Ⅰ . ①古… Ⅱ . ①龚… Ⅲ . ①随笔 – 作品集 – 中国 – 当代 Ⅳ . ① I267.1

中国版本图书馆 CIP 数据核字（2022）第 210744 号

**古意——饮食男女与日常生活**

GUYI——YINSHI NANNÜ YU RICHANG SHENGHUO

作　　者：龚鹏程
出 品 人：王景霞
策　　划：彭明哲
责任编辑：张　雪
特约编辑：蒋　浩　田　丹　李茗抒
封面设计：unclezoo
责任印制：杨　程
印刷装订：北京雅图新世纪印刷有限公司
读者服务：唐雪飞
出版发行：海南出版社
总社地址：海口市金盘开发区建设三横路 2 号　邮编：570216
北京地址：北京市朝阳区黄厂路 3 号院 7 号楼 101 室
电　　话：0898-66812392　　010-87336670
电子邮箱：hnbook@263.net
经　　销：全国新华书店
版　　次：2023 年 1 月第 1 版
印　　次：2023 年 1 月第 1 次印刷
开　　本：787 mm × 1092 mm　1/32
印　　张：8.75
字　　数：170 千字
书　　号：ISBN 978-7-5730-0849-7
定　　价：48.00 元

# 目　录

# 文人菜

新月社，是现代文学中有名的社团。我则以为它也可视为文人以吃喝结社的当代代表。

它是指以《新月》月刊社为核心的一个文人群体。包括了徐志摩、闻一多主持的《诗镌》社，徐氏与陈梦家办的《诗刊》社，胡适的《努力》社、《独立评论》社，陈西滢参加的《现代评论》社诸同仁。这群人聚集为一个可辨识的群体，均源于以聚餐会形式出现的新月社。

聚餐会在先。一群人自娱自乐、联谊交际，形成了一个类似欧洲沙龙俱乐部形式的聚会，后来才正式命名为“新月社”，并在北京松树胡同七号成立了新月社俱乐部。所以徐志摩说“从聚餐会产生‘新月社’，又从新月社产生‘七号’的俱乐部”。

新月社俱乐部仍保持着聚餐会的沙龙活动形式，一方面，“新年有年会，元宵有灯会，还有什么古琴会、书画会、读书会”；一方面，仍以聚餐为重点：“有一个要得的俱乐部，有舒服沙发躺，有可口的饭菜吃，有相当的书报看”（徐志摩：《欧游漫录·给新月》）。

与新月社同仁来往密切的《现代评论》社中人，情况也很类似：“每星期有一次集会，大家喝着咖啡，议论每一期写什么文章和社论之类”。他们也常被归入新月派之中。

其他文人结社，恐怕也不会不聚餐，不喝茶，不吃酒，但现代文学史上可能没有另一个社团是由聚餐会发展来的，或如新月社这般典型：本是饮啖之社，遂为艺文之会。

会中诸君，既是因聚餐而群合，对于这饮馔合群的大道理，自然深具会心，叶公超便在《新月》第二卷第三期发表过一篇《谈吃饭的功用》，从《红楼梦》讲起，直说到孙中山的民生主义。大意谓人间的是非争端，唯有靠着吃饭才能解决：“遇着两方面都有些难说的话（不是人命案谁愿意跑到县衙门里去），或是有什么解决不了的事，大家便到茶馆里摆上茶来说。如果茶的情面还不够，再吃上一顿酒饭，哪怕两代三代的怨仇，也就烟消雾散了”。

不过，叶公超又认为如此吃饭，不免功利，不能享用滋味。所以最好的，仍是一种毫无利害关系而又无须联络感情的饭。若要谈感情，则悲欢离合之饭最可纪念，例如饯行和洗尘。

对于吃饭为何有合群聚众之功能，叶先生解释道：一、人人都需吃饭，故此为人性所同。二、人与人之相知相投，推究起来，不过有几种嗜好相投合罢了，而吃恰好是人人所同，故吃饭乃人与人相投合之开端。三、吃饭时，谁也不会“食不言”，所以吃饭有助于打开我们的话囊，彼此倾谈。也只有吃饭时，大家说谎的动机才会比平时少些，故亦唯于此时可多听到些合乎人情的真话（《新月》1929 年 5 月号）。

叶氏此文，刊于《新月》，固然未必即能代表新月派之主张，但起码应说新月中人绝不会排斥这个论调。由聚餐会发展成的新月社，其中同仁，对于吃饭的作用，也应该是都深有体会的。

不过，像“新月”这样的文人结社，毕竟与叶公超提到的《红楼梦》时代不同了。“秋爽斋偶结海棠社”与新月社的不同，主要是：一代表中国传统性的文人结社，一模仿自西方资产阶级沙龙俱乐部。

新月派人大抵都有个洋文化的背景，不再是《红楼梦》式旧文人的知识及技能所能范限，因此他们结社的形式直接援用了盛行于欧洲的沙龙与俱乐部模式，俱乐部中也以喝咖啡、躺沙发、看书报、议论文章为主，不再是吟诗唱和、拈题斗韵、赏风月、行酒令那一套了。

因此，新月社的出现，标志着中国文人结社传统的一大变化。文人结社，集结的是一批诗酒名士。沙龙俱乐部，集合着的却是资产阶级社会的绅士。

这些绅士，在欧洲，一些是因社会变动，封建贵族体系逐渐转向资产阶级形态，故不少贵族不再能固守其领地封爵而亦日渐转变其自身，成为中产阶层；一些平民，则利用其资财，上升为有钱、有地位之新兴资产阶层。这时，新兴市民阶层要模仿着过贵族一般的生活，首先就要从衣食住行的礼仪及生活方式讲究起，接着在言谈举止上练习养成一种具有文化教养的态度。这样的一类人，跟那些已不甚贵的贵族，合起来，无以名之，便总称为绅士。

绅士是有身份、有地位、有教养的上流人，俱乐部即为此等人而设。其用以俱乐者，亦与下层老百姓不同，大抵便是啜咖啡、看书报、躺沙发、议论文章、闲话国事，此外则要享受可口的菜肴。此时，用餐的礼仪、器皿、菜色，也正好从王公大臣贵族那儿流散出来，传染到这些俱乐部里。所以用餐虽不若封建君王或贵族府邸那般讲究，却也具体而微，比寻常家庭用膳总要精致豪华些。俱乐部之能吸引绅士们在那儿流连，此亦为原因之一。

新月社其实是在北京这个文化圈移植了这么样的绅士品味。聚餐会、俱乐部，恰是其绅士品味之具体征象，初不仅因新月社始于聚餐会而已。

当然，在中国的绅士俱乐部也不可能完全复制欧洲绅士格调。在这个俱乐部中，仍举办着传统中国节庆的活动，如年会、灯会之类，也有传统文人雅集式的古琴会、书画会，即可见一斑。关于聚餐，除了咖啡以外，我估计西餐固然有，却未必为主要吃食，或许仍以中餐为主，或以改良式的西餐为主。这应该也是它最不同于欧洲中产阶级俱乐部的地方。

新月派健将梁实秋晚期的散文，尤足以印证这个由聚餐会发展起来的团体，至少在饮食方面越来越远于欧洲绅士，而趋于中国。

梁先生是新月诸君子中谈吃谈得最多的人，且越晚期越多。新月派以聚餐会始，而由梁先生之谈吃终，亦可谓适符其性。

梁先生《雅舍小品》中并无谈吃之作，续集才有一篇《由一位厨师自杀谈起》，并于末尾“附带着谈谈烹饪的艺术”；另一篇《吃相》，颇论中西饮食之差异；还有一篇《请客》。所谈仅及吃饭这件事，对所食之菜肴尚未涉及。三集才开始谈，《腌猪肉》《萝卜汤的启示》《喜筵》《馋》《喝茶》《饮酒》《狗肉》《烧饼油条》即此。四集则有《厨房》《窝头》《“啤酒”啤酒》。其中一集刊于1949年，续集则刊于1973年，三集刊于1982年，四集刊于1986年。1978年时报文化出版公司另刊《梁实秋札记》，收了《饮膳正要》《酒壶》《由熊掌说起》《千里莼羹未下盐豉》等谈吃的散文。1985年九歌出版社《雅舍谈吃》一书，尤为此道之大观。自序谓“偶因怀乡，谈美味以寄兴；聊为快意，过屠门而大嚼”，言其著作旨趣甚明。该书收文五十七篇，每篇说一味菜。因此，统计梁氏谈吃的散文，当在百篇以上。专写此等题材，在现代文学家中尚罕其比。

观察这些散文，可见梁先生虽有不少居住国外的经验，也对英国文学专精致意，于欧西饮食却少评骘品味之谈，他常吃且嗜吃的仍是中国菜，且以北京菜为主。这似乎也可以说：新月派看起来确具绅士派头，讲绅士格调，但其底里仍不脱文人雅士脾性。肠胃关联着一切审美品位，那是假借不来的。梁先生的文化质性，大概就显示着一个老北京有文化的人的状况，这种状况，跟英国绅士终究不甚相同。

此为梁先生谈吃的散文之可注意者一。

其次，梁先生这些散文多写于20世纪七八十年代。此非老境颓唐，故于饮膳肆其讲究，因为所述颇多早年经验，非老了才来讲究甘旨。且此时梁先生继完成莎翁全集之译述后，已动笔作《英国文学史》，在学术上仍处于精进期。散文之造意遣词，更不同于早年的雅舍时期，文言的使用，典故的穿插，显然都多于早岁，字词亦越求精练。因此，梁先生专门就吃来写，我觉得他是有意开发这个题材。如此取径，当时可谓导夫前路，为20世纪90年代流行的饮食散文书写唱了先声。

其三，当时谈吃，另一名家为唐鲁孙。唐先生文笔也极典雅，叙事亦不蔓不枝，享誉迄今不衰，其所述亦以北京为主，这是他与梁先生相同之处，故二人所说，颇可参互发明。但唐先生乃宗室，所论吃食，不乏宫廷品类及特殊遭际所得，与梁先生谈一般市民或街肆餐点不尽相似。而这刚好就是梁先生饮食文学之一特点所在。

我国饮馔，如前所述，与欧洲不同之处，在于欧洲是由王公贵族下衍，形成餐饮礼仪；我国则是由民间的会与社逐渐发展，到明清，才以文人会餐的礼制作为整体社会共遵的礼仪。且不只礼仪如此，饮馔之品味与内容也是如此。西方菜式，只有两大类，一是贵族的，一是乡下的。中国亦大别有二：一是文人的，一是市井的。除了唐代食谱中曾描述过宫廷菜以外，宫廷或王府菜在中国根本毫无位置。周履靖校印韩奕《易牙遗意》时甚至嘲笑：“及观世所传禁中方，醲醢蔬果，靡非饴也。此石家沃釜物耳，岂堪代盐豉耶？善谑者至谓醇酒蜜物可用讯贼，快哉！”对宫中烹调手法完全不认同。

可是清末却是一大变局。清朝覆亡，民国肇建，人民既已当家做主，从前“逾制”的事，现在就都想来试试。清朝宫廷中都吃些什么，最令人感到好奇，故也想弄些来尝一尝，于是御膳、仿膳、满汉全席之类，乃不胫而走，不少坊肆打此旗号以招徕顾客。菜色呢？一半猜测，一半想象，尽往奢华繁复方面去费心思，再配上攀扯的关系，附会的掌故，竟摆弄成了一个新的风潮，撰构出一个新的“宫廷菜”传统。

另一个新传统，是新时代混乱的社会中，军阀、大盗、巨贾崛起者多，其兴也暴，其亡也忽。在他忽然崛起，开府执政之际，一时冠盖，不免恣欲饮啖；待其势就衰，一些厨师与菜色便流传坊肆。于是就有了某某公馆的“公馆菜”。

有些公馆菜，亦如宫廷菜一般，附会张皇以矜贵盛。有些公馆，则因其德业较为长久，故其菜色遂影响广远，如稍早的左宗棠的“左公鸡”，稍晚的谭延闿的“谭厨”。湖南菜原本在中国几大菜系中不入品裁，却因谭府厨艺而跻身上流，故后来所谓湘厨、彭园，都打谭府名号。

相对来说，文人菜在清代本为主流，袁枚《随园食单》上承陈眉公、李笠翁而风靡当时官僚富商之席，故尹文端督两江时，令其平章饮馔事，诸家食单都要由袁枚来品第。其他著名食谱，如李调元《醒园录》亦皆为文人士大夫品味。

到清末，这种情况却为之一变。宫廷菜、公馆菜崛起而文人菜没落。因为文人这个阶层急遽萎缩，文人清雅的生活品位也不再是新时代所讲求的了。

梁先生的饮食散文，放在这个脉络中看，便饶富兴味。

梁先生从不写宫廷菜、公馆菜，但他也不复兴或继承文人菜那个传统。梁先生谈的主要是市井菜，也就是《东京梦华录》《梦粱录》《西湖老人繁胜录》那个路数，如便宜坊的酱肉，北京街头的豆汁、烤鸭、糖葫芦之类。名贵的菜或达官显贵的席，梁先生当然吃得多了，但他笔下主要不是谈那些，偶说熊掌，也是在市肆中吃着的。

换言之，他与明清文人基本上是不同的。那些文人大抵强调家庖，故各有秘制之技艺与烹调观念，梁先生则在家中、也在市肆间随意地吃。

文人重清雅，如袁枚主张“一物有一物之味，不可混而同之”；又云在广东食冬瓜燕窝甚佳，取其以柔配柔，以清配清云云。梁先生则不追求这种清雅的品位。

又，文人饮馔，对酒之重视，时或在菜之上。故宴会通称酒席；文人雅集，则是诗酒酬酢，所谓“诗社何妨载酒从”。《无锡金匮县志》说当时人聚会作诗之燕宴，只是有肴核数盘、饭一盅，酒倒有八九行，亦可见酒重于菜，聚会主要是吃酒。梁先生则不甚饮酒，对酒也少品题。

也就是说，梁先生在民国以后，与新月派诸君结社，貌若延续着古代文人结社的传统，实则模仿着欧洲绅士沙龙及俱乐部。可是这个俱乐部在饮馔趣味及走向上，又并不同于欧洲的绅士，与中国当时的上流社会或资产阶层也是有距离的，反而比较接近市民饮食。

然而，所谓接近市民饮食又是有但书的。

梁先生的家世和文化修养，均使他所写有别于市民饮食。他虽以市肆饮馔为题材，但对北京风土的追忆，对市肆人情之描写，对市肆吃食进行文化点染（例如引诗来论北京的烤鸭如何肥美），却令市肆吃食洗脱了一层市井烟尘气，铺上了风土人情味儿与文化味儿。这些味儿，不同于明清文人的清雅品位，可却实在是文人饮馔传统的最好继承与发扬。古代的文人饮馔，本来也就是针对市井吃食的文化加工；梁先生这些饮食文化散文，则是我们这个时代的文人对市肆饮食的文化加工。

在这番加工中，梁先生巧妙利用了时间感，让市井吃食因其有历史性而与市井世俗隔了一层。他所谈的，很少是眼前街上店铺里的东西，多是旧日北京、青岛之物。由于时间造成的审美距离，使那些再通俗不过的东西，因历史性而显得不再通俗，如我们看《东京梦华录》那样。仿佛那些饮食，正代表着一个丰饶、有人情、有内涵的世代，而那个世代已离我们远去，我们只能咀嚼其余芳，含咏其滋味。

于是，我们便可以看到梁先生借饮馔“忆事怀人兼得句”（义山诗），吾人则由其所述，而品味咀嚼了那个时代。饮馔的文学社会学，在此另开了一扇窗子，正可供我辈深思。

# 老饕苏东坡

苏轼最得意的，除了诗文之外，就是自己是个老饕。曾作《老饕赋》云："尝项上之一脔，嚼霜前之两螯。烂樱珠之煎蜜，滃杏酪之蒸羔。蛤半熟而含酒，蟹微生而带糟。盖聚物之夭美，以养吾之老饕。"自居吃货，毫无疑问。

后人当然也都承认他在饕餮圈的地位，推崇他知行合一，既会吃，又会做，据说至今尚有许多菜受了他的影响，如东坡肉、东坡肘子等。

凡于此津津乐道者，对于东坡吃道其实均未甚深知。

## 一、腹笥宽

东坡吃得很宽。例如在海南，粮食紧缺，肉难得有，于是他就和当地居民一起吃野味："五日一见花猪肉，十日一遇黄鸡粥。土人顿顿食薯芋，荐以熏鼠烧蝙蝠。旧闻蜜唧尝呕吐，稍近虾蟆缘习俗。"

蜜唧是以蜜饲的初生鼠。岭南人以为佳肴。唐张鷟《朝野佥载》："岭南獠民好为蜜蝍。即鼠胎未瞬，通身赤蠕者，饲之以蜜，飣之筵上，嗫嗫而行。以箸挟取，啖之唧唧作声，故曰蜜唧。"蝍，又作"唧"。就是广东人常说的三叫鼠。苏轼《闻正辅表兄将至以诗迎之》："暮雨侵重膇，晓烟腾郁攸。朝盘见蜜唧，夜枕闻鸺鹠。"可见原先虽感怕吃，后来也常吃。

这是山产，海味他也喜欢尝尝。故《清暑笔谈·东坡海南食蚝》说："东坡在海南，食蚝而美，贻书叔党曰：'无令中朝士大夫知，恐争谋南徙，以分此味。'"

饮食之道，跟做学问相似，首重博通。许多人一辈子只吃过家乡菜，只喜欢一种口味，竟自诩饕餮，而其实是井底之蛙、拘墟之士。

因不愿尝试新鲜怪异而无缘享受美味的人，东坡身边就有一位：他贬官惠州时，曾派老兵到市中买蛇羹给妾朝云吃，骗她说是海鲜。后朝云得知自己吃的是蛇肉，立即反胃，恶心得大吐，结果病了数月，最后由此病死。

东坡相反。游历遍天下，山珍海味，见多识广，非一般人所能及。这样的人，才有资格享受美食。

## 二、贵平淡

但吃得广，不见得自己口味没有偏好。犹如读书，穷极“四部”之后，仍须有自己的态度和宗旨。

东坡的口味特点，一是清淡。

东坡自己写的《东坡羹颂》记载了他做羹汤之法，极为清淡：“东坡羹，盖东坡居士所煮菜羹也。不用鱼肉五味，有自然之甘。其法以菘，若蔓菁，若芦菔，若荠，皆揉洗数过，去辛苦汁。先以生油少许，涂釜缘及瓷碗下，菜汤中，入生米为糁，及少生姜，以油碗覆之，不得触，触则生油气，至熟不除。”

这是菜羹。而鱼和肉之做法，其实也跟煮菜羹一样。

先说鱼。元丰五年（1082年），东坡写了《鱼蛮子》，讲述他如何烹鲤鱼：“擘水取鲂鲤，易如拾诸途。破釜不着盐，雪鳞芼青蔬。”连盐也不放，近乎本色。

在黄州，苏东坡另有一篇《煮鱼法》：“在黄州，好自煮鱼，其法：以鲜鲫鱼或鲤鱼治斫，冷水下。入盐如常法，以菘菜心芼之，仍入浑葱白数茎，不得搅。半熟，入生姜、萝卜汁及酒各少许，三物相等，调匀乃下。临熟，入橘皮线，乃食之。”这虽放盐了，但整体味道仍是清雅一路。

肉呢？现在大家当然都大谈特谈东坡肉、东坡肘子。可是宋朝人主要是吃羊肉，据《东京梦华录》《梦粱录》等书所载，宋代以羊肉为主要原料制成的菜肴有：排炽羊、入炉羊、煎羊白肠、羊杂碎、山煮羊等四十余种。所以东坡吃猪是不得已，而且也不是现在人这种吃法。

他《猪肉颂》说煮猪："净洗铛，少着水，柴头罨烟焰不起。待他自熟莫催他，火候足时他自美。黄州好猪肉，价贱如泥土。贵者不肯吃，贫者不解煮。早晨起来打两碗，饱得自家君莫管。"只是煮烂了吃，没有现在四川、杭州、徐州、广州等地各种"厚其滋味"的做法。

鱼肉蔬菜之外，东坡还喜欢吃豆腐，曾为豆腐写下"煮豆为乳脂为酥"的诗句。至今四川各地常见的豆腐宴、豆花庄，应该就是受到东坡的影响。或者说，这是宋代以来四川饮食的一种传统，只是当时喜食豆腐是取其清淡，现在却添了许多香辣调料罢了。

豆腐的起源虽然可以上推至淮南王刘安，但目前已知的"豆腐"名称最早出现在宋初陶穀的《清异录》中。该书卷上载："时戢为青阳丞，洁己勤民，肉味不给，日市豆腐数个。邑人呼豆腐为小宰羊。"南宋时，著名诗人杨万里在《豆卢子柔传》中还以拟人的笔法介绍了豆腐的身世，说豆卢子，名鲋，世居外黄[①]，由黄豆做成，色洁白粹美，味有古

① 古县名。秦置。治今河南民权西北。西汉时，陈留郡都尉治此。唐贞观六年（632 年）废。——编者

大羹玄酒之风。在汉末出现，至后魏始有听说。当时豆腐又名乳脂、犁祁、黎祁、盐酪等。苏轼“煮豆为乳脂为酥”诗自注：“谓豆腐也。”陆游《山庖》诗则有“旋压犁祁软胜酥”之句，自注谓“犁祁”为四川人对豆腐的称呼。

今传东坡豆腐，林洪《山家清供》卷下载其制作方法：“豆腐，葱油煎，用研榧子一二十枚，和酱料同煮。又方，纯以酒煮。俱有益也。”可见其制法有两种，一是将豆腐用葱油煎后，再取一二十只香榧炒焦研成粉末，加上酱料，然后同豆腐一起煮。另是纯用酒煮油煎过的豆腐。

雪霞羹，则是用豆腐和芙蓉花烧制而成的，以豆腐洁白似雪，芙蓉花色红如霞而名。林洪《山家清供》卷下云：“采芙蓉花，去心、蒂，汤焯之，同豆腐煮。红白交错，恍如雪霁之霞，名雪霞羹。加胡椒、姜，亦可也。”

另有蜜渍豆腐，以豆腐渍蜜而食。陆游《老学庵笔记》卷七：“（仲殊长老）与数客过之，所食皆蜜也。豆腐、面筋、牛乳之类，皆渍蜜食之，客多不能下箸。惟东坡性亦酷嗜蜜，能与之共饱。”

这些菜，相较于今天川菜之重油重辣重咸，可以说都清淡极了。

我们要知道：饮食审美，通乎诗文，东坡在文学品味上就是推崇平淡的。他最喜欢陶渊明的诗，认同“惟造平淡难”，因此在饮食上，也以平淡为日常。即使是酒，亦都很淡很淡，近乎“玄酒”（也就是水）那种。

平淡和绚烂，是个美学上的对比。传统上，都认为平淡、清净、安雅、含蓄是较高的格调；绚烂、俗艳、喧嚣、大红大绿只是民俗趣味。相对于重油、重盐、大辣子的现代川菜，东坡的饮食口味，其实很值得参考。

## 三、偏甜食

东坡口味第二个特点，是偏甜。

前面已说过东坡曾吃蜜唧（以蜜饲的初生鼠），他还爱吃别人吃不下的蜜渍豆腐，其嗜甜，可见一斑。你看他《老饕赋》说："烂樱珠之煎蜜，滃杏酪之蒸羔。"这显然都是他爱吃的，而樱珠煎蜜、杏酪蒸羔可多甜啊！前文说过，东坡他们平常是吃羊的，然而这杏酪蒸羔就比《红楼梦》里说的牛奶蒸羊羔还要甜。

酒，平常当然其清似水，但他从小吃惯了的可是老家之蜜酒。有一年，一名道士送来了个老家的酒方，以蜜为引酿酒。东坡大乐，自己偷偷在院中酿了两坛。朋友吃了常闹腹泻，但他还是乐此不疲，作《蜜酒歌》曰："不如春瓮自生香，蜂为耕耘花作米。一日小沸鱼吐沫，二日眩转清光活。三日开瓮香满城，快泻银屏不须拨。百钱一斗浓无声，甘露微浊醍醐清。"

苏东坡初到岭南，不懂粤语，把别人好心提醒的"一啖荔枝三把火”听成了“日啖荔枝三百颗”。岭南本就湿热，荔枝上火，苏东坡吃东西又不注意节制，结果痔疮犯了，站也不是，坐也不是。这才想起来曾看过道家典籍的记载，用胡麻、茯苓、蜂蜜制作出一种“东坡茯苓饼”。据他说，“如此服食已多日，气力不衰，而痔渐退”。

东坡为什么这么爱吃甜？

除了个人喜好之外，还有时代及地域因素。

宋朝人的口味，本来就较今人偏甜。《东京梦华录》所记甜食就有砂糖冰雪冷元子、水晶皂儿、生淹水木瓜、药木瓜、甘草冰雪凉水、荔枝膏、广芥瓜儿、杏片、梅子姜、香糖果子、间道糖荔枝、越梅、锯刀紫苏膏、金丝党梅、香枨元等。

砂糖冰雪冷元子，将黄豆炒熟，去壳，磨成豆粉，用砂糖或者蜂蜜拌匀，加水团成小团子，最后浸入冰水，作为冷饮。水晶皂儿，取皂荚子仁煮过，以糖水浸食。生淹水木瓜，是把木瓜削皮，去瓤，只留下果肉，切成小方块，泡到冰水里。药木瓜，是先用滚水把整只木瓜煮到发白，后用刀挖开瓜盖，将瓤掏净，用水冲洗干净后往木瓜中放盐，放藿香、白芷、砂仁及其他药材，搁到阴凉地方，过一夜。木瓜里面的水干了，把那些药材倒出来，再往里面放蜂蜜。再过一夜，蜂蜜都渗入木瓜里，这时候把木瓜切成小块，用冰水泡食。诸如此类，其甜可知。

除此单品甜食之外，普遍的是蜜煎雕花。木瓜、金橘、青梅等水果用蜜渍之前，先用刀雕刻，再制成蜜饯。宫廷甚至设有“蜜煎局”。

一般饭后甜食，即有酥蜜食、餇枣、澄砂团子、香糖果子等。这是时代风气，整体上喜爱甜味。

古代是没有糖的，要吃甜，只能用蜂蜜、蔗浆、蔗饴替代。宋代制糖技术突飞猛进，从印度传入做砂糖的技术，乃恰好为这个好吃甜食的时代大添滋味（关于糖的历史，写得最好的是季羡林的《糖史》，可参看）。

这时代也出现了我国第一本制糖专书：《糖霜谱》。

《四库全书总目提要》介绍《糖霜谱》：“宋王灼撰。……绍兴中尝为幕官。是编凡分七篇。惟首篇题原委第一，叙唐大历中邹和尚始创糖霜之事。……第二篇言以蔗为糖始末，言蔗浆始见《楚辞》，而蔗饧始见《三国志》。第三篇言种蔗。第四篇言造糖之器。第五篇言结霜之法。第六篇言糖霜或结或不结，似有运命，因及于宣和供御诸事。第七篇则糖霜之性味及制食诸法也。盖宋时产糖霜者，有福唐、四明、番禺、广汉、遂宁五地，而遂宁为最。灼生于遂宁，故为此谱。所考古人题咏，始于苏、黄。案：古人谓糟为糖，《晋书·何曾传》所云‘蟹之将糖，躁扰弥甚’是也。《说文》有‘饴’字，无‘糖’字。徐铉新附字中乃有之。然亦训为饴，不言蔗造。铉，五代宋初人也，尚不知蔗糖事。则灼所征故实，始于元祐。”

意思是说：古代没糖，连“糖”字都没有。宋代制糖，以福唐、四明、番禺、广汉、遂宁五地为盛。第一代的吃糖典故，则自苏东坡、黄山谷他们开始。

其中制糖业最发达的遂宁，就是“川中重镇”。所以，你知道东坡之爱甜食，自有其家乡风气因素了吧！

# 初到贵地，请问有什么好吃的？

荷兰作家赛斯·诺特博姆（Cees Nooteboom）在《西班牙星光之路》中谈到他在西班牙与葡萄牙交界处一小镇旅行时，偶然听到服务生提起“蜥蜴”一词，立刻警觉了起来，连忙向老板打听。获知他们果然有蜥蜴餐卖，而且还不是小鬣蜥蜴。他马上要了一客来品尝，且在该书立了一个小节，题目就叫“蜥蜴晚餐”。

此君乃欧洲文学奖得主、荷兰康士坦丁·惠更斯奖得主。此举则显示了他作为一名杰出旅行文学家所具有的敏感。

旅行者，需要具备许多条件。条件之一，就是需有一副好脾胃。

常见旅人出门，肠胃便患起思乡病，须得到处找家乡味或与家乡相似的餐饮来吃，否则肠胃就要拉警报，搞暴动。

某些人纵使不如此，对于平日不经见，不常吃的东西，大抵也尽量避着。非万不得已，不肯尝试。偶或试之，亦总是攒眉，捏鼻，咂舌，缩肩地浅尝轻啜便罢。如吞毒药，如上刀山，临险履冰，不胜痛苦之状。

又或者，无可奈何而安之若命。反正人生至此，说不得，只好吃它一番。但却是暂求果腹，不能消受其滋味也。

如此旅行，虽然一路或许饱饫了眼福，可实在是痛苦，等于受罪。

偏偏异乡之恼人处，就是奇奇怪怪的吃食特别多。如元朝方回的诗说：“秀州城外鸭馄饨。”这鸭馄饨，是没孵成的卵。因已有雏鸭在里面，将之取出镊去细毛，洗净烹煮而成，味极美。据朱彝尊《鸳鸯湖棹歌》说，“鸭馄饨小漉微盐，雪后垆头酒价廉”，知此物乃某些地方一般居民常食的小吃，但我估计就有许多台湾人未必敢尝试。推而广之，各地腌、酱、卤、渍、泡、浸、腐、臭的各色名物，奇形怪味，亦辄令人不敢向迩，且要暗自诧怪：为何这些地方竟有这些人，偏要来逐臭嗜痂？而又自怨自艾：为啥子要到这种鬼地方来活受罪，吃这种难吃恶心的鬼东西？

对了，就是恶心。旅人常患的，其实不是肠胃病，而是心病。心中嫌厌那些异乡怪味，也疑虑着那些没吃过的物事，且疑，且惧，且惊，且厌。于是看着难受，吃着可怕，喉头一紧，胃一抽搐，可能就立刻吐了出来。纵或终于勉强没吐，恶心作呕之感，也仍然要盘萦在心头。

况且还有不少人心中别有一把戒尺，或禁止自己吃荤，或禁止自己吃腥，或不吃鱼，或不吃介，或两只脚的不准自己吃，或会飞的也不能吃。种种戒律，在心上悬着刀尺，那就更无缘享受旅途中的美味了。

就算对饮食没有禁忌，不至于坚壁清野，峻斥一切；大多数人也只是逆来顺受，不会专心致意去“发现”异馔。

把异乡那些我们原本不知道有而且还能吃的东西找出来，需要有发现者的眼光和机缘好运气。要对这件事抱持着高度的敏感以及亟欲一尝、冒险探询味蕾之神秘的心情。这种眼光和兴致，与老饕并不相同，但却是一名优秀或称职的旅人所应当具备的条件。

要知道，一方水土一方人。每个地方的饮食，必与该地之地气、风土、人情、世态相符应。不能亲近当地的饮食，实际上就绝不能亲近那个地方那个社会，更不能懂它理解它。那个地方越特别的饮食，越能显示那个地方的气质。

就像诺特博姆“发现”了那个小镇餐厅有蜥蜴可吃，而这尾蜥蜴，拌在一盘碎西红柿中，配上百里香、迷迭香，那不就是西班牙的气质吗？诺特博姆形容西班牙是“混乱的、粗野的、自我中心的、残酷的。行过之处，永无止境的惊叹”。这种气质，斗牛，或西班牙舞娘的舞蹈，都足以显示，但都不够；只有那一股迷迭香混杂着蜥蜴肉味刺窜入脑时，你才能懂得什么叫作西班牙。无怪乎他要刻意记述这一餐了。

我们每想起一个地方，总会想起那里某一种或某几种吃食，想起某一餐，道理即是如此。食物的气味，用餐时的气氛，店家的风情，一同用餐者的神态、声语，整体激扰着我们的神经，在脑子里浮漾出一幅特异的地图，标示着那一个无可替代的地点。

像池田律子的《吃定意大利》就选了四十二件事，写成“挑逗味蕾的美食地图”。苏珊·罗德里格·亨特《巴黎：一席浮动的豪宴》则借当时文人聚会饮宴、食谱及其故事背景来勾勒那个时代。旅行者，不论是空间的旅行，抑或进入时光隧道，都须对沿途所见食物食事，像对风景名胜一般感兴趣才是。

我称不上是个旅行家，但萍踪寄旅，漂泊久惯。宿在不知名的旅楼，吃着说不上名堂的食物，乃是常有之事。腹笥渐宽，撑拄肚肠的，都非书卷，而是脔肥腻脂与异卉奇珍。

我不挑食，因而时要尝鲜。未必是新鲜美味之鲜，也可能是鲜少鲜奇之鲜。鲜奇者不一定是鲜美，故又时多惊异。什么，这也能吃吗？这东西是这样吃的吗？吃了会怎么样啊？

但我通常总想如诺特博姆尝蜥蜴般，去试试当地人的饮食，旨不在知味，而是想借此更了解那个地方。

可是，我也发现，人们对此等旅行者的好品德，并不尊敬。或者说，人基本上是个拘墟者。拘墟之见，之一是对远方异地的人，充满猜疑；之二则是对异地的饮食习惯不满，对口味不拘墟者也不满。

例如平常说到吃，大家总是嘲笑广东人，说老广两只脚的除了凳子不吃，天上飞的除了飞机不吃，此外什么都吃。SARS（传染性非典型肺炎）肆虐期间，广东人之嗜食野味也因此竟成了罪状。万方有罪，罪在老广，千夫所指，居然没审判定谳就稀里糊涂地禁售禁食了一番，迄今仍未完全解禁。

其实这恐怕是北方人对南方人一贯的偏见作祟，借此机会便发作了起来，与SARS大约无甚直接之关系。清朝王侃《江州笔谈》不是说吗，"北人笑南人口馋，无论何虫，随意命名即取啖之"。现在，你看，果然就吃出毛病了吧，嘿嘿，咎由自取了吧！还不赶快停止？

由北方观点来看，闽粤人确实吃得太宽，也吃得可怕。明朝谢肇淛《五杂俎》卷九论南人口味时说："南人口食可谓不择之甚。岭南蚁卵蚺蛇皆为珍膳。水鸡虾蟆其实一类。闽有龙虱者，飞水田中，与灶虫分毫无别。又有土笋者，全类蚯蚓。扩而充之，天下殆无不可食之物。"跟王侃的讲法差不多，都是在说闽粤人吃得太杂。

可是，谢肇淛自己是福建人，他立刻就自觉到这样的说法也不见得公允。因为北方人同样有令南方人感到难以消受的食物。所以他说："燕齐之人食蝎及蝗。余行部至安丘，一门人家取草虫有子者，炸黄色入馔。余诧之，归语从吏，云此中珍品也，名蛐子，缙绅中尤雅嗜之。然余终不敢食也。则蛮方有食毛虫蜜唧者又何足怪？"

这个辩词很有趣，足见南方人、北方人半斤八两。某些东西，北方人看着害怕，不敢吃，那是因为北方原本不产那些物品，故自古以来无人吃食。乍见南方人竟然啖咀此等恶心异物，不免诧怪失色。南方人吃这吃那，碰上北方的蛐子、蝎子，也惊疑不定，难以下箸。

可是，往往就是那令远方来的人无法欣赏的东西，才最足以代表那个地方的特色。

在北京，只知吃烤鸭、涮羊肉的人，是不能懂北京的，须得也去炸蛐子或炸几尾蝎子来吃吃。现在，这些东西，跟老北京人喝豆汁一样，也少见了，未必买得着。

成为现代化都会城市后，北京的饮馔口味，五方荟萃，而越来越向中间一般化靠拢，这些老传统吃食自然日渐凋零，少人问津。却也不是吃不着。多半只是因旅人游客不甚晓得，或晓得而不敢品尝，所以少人卖了。若碰上，炸蝎子可是有炸蜂蛹般的美味呢!

林语堂先生 1961 年在美国出版过一册《辉煌的北京》(*Imperial Peking*: *Seven Centuries of China*)，于北京之吃食，誉为“正宗”。但所介绍的，仅有东兴楼的芙蓉鸭片，正阳楼的蟹与烤羊肉，西门砂锅居的猪肉，顺治门外便宜坊的烤鸭，此不足以知北京也。

# 布尔乔亚美食的自理论

在北京，见一妇人带一小娃，路过北海公园。妇人指着白塔告诉小男孩："你看，那是佛塔！"孩子说："哦，佛塔呀，我还以为是火锅呢！"旁边听着的人都忍不住笑了起来。

回家去，和女儿谈起，说："这小孩之好吃，跟你可有一比！"——她在北京读博士时，有次喊她起床看雪景，她竟形容地上石墩子被雪盖住了，像个胖胖的鲜奶油蛋糕；又说太阳在冻云里，红红的，犹如莲蓉月饼里的咸蛋黄；还说一栋栋房子遭雪封了，像姜饼屋上撒满了糖粉，令我颇为懊恼。古代女子形容雪，常有咏絮之高才，而我这女儿却只想得到吃。

她常被我取笑，故也不以为意，反而笑道："火锅本来就好吃嘛，西方就没有火锅！嘿，对了，你说西方烧烤炖煮之法也颇齐备，可为啥就没有火锅？只有一种号称‘巧克力火锅’的，把饼或果子放进锅里去沾煮融的巧克力吃，那跟咱们的火锅毕竟还不一样。”

“原因很简单，西方人没有筷子。早期都用手，用刀叉的历史至今也不过三百多年。用手指或刀叉能夹着肉涮烫吗？能在火锅里翻拣取食吗？因此西方用锅子熬煮之法虽多，却无火锅，尤其没有白塔式的铜炉炭锅。饮食之道，工具往往决定了形式，此即一例。”我很得意，立刻向她开示。我精通饮膳史，岂这小妮子所能测哉！

“怪不得中国的面条到了西方就成为意大利面。中国面条多半盛在汤碗里，吃时拿筷子一夹，就吸嘬起来，呼噜呼噜的好不快意。面好不好吃，主要看汤头。意大利面则大抵把面条捞到盘子上，用刀叉拌着酱料吃。若是汤面，意大利人就没法吃了。”

她果然颇为认可我的说法。所以我继续发挥道：“意大利面，是否由马可·波罗传去，现今仍然待考。许多欧洲人不喜欢这种说法，要争发明权；甚至还有人说中国的面条是由意大利传来的。不过我以为：说意大利面是由马可·波罗传去，恐怕还抬举了它，因为它之出现根本没那么早，且是由演变而来的。意大利面统称 Pasta，原意是指经搓揉过的面团。古代阿拉伯商队为了在沙漠中行旅方便，把面粉用水揉搓，干燥之以便携带。其法传到了欧洲，才渐形成意大利面。时在十三四世纪。可是现代意大利面配上番茄、大蒜、酸豆、橄榄和鳀鱼等酱汁的做法，却又要到 17 世纪以后了。相较之下，中国吃‘汤饼’，也就是面片和面条的历史可推到汉代，且历来均以汤食为主流。不像‘饼’，后来受印度影响，改以烘烤为主。因此从源流上看，中国和意大利的面条，或许不是一个系统。而其不同，则跟我刚才讲的用筷子和用手之分颇有关系。”

她说：“不过，好像欧洲确实是饼多面少，除了意大利以外，其他地方亦并不太吃面。意大利面也以干拌为主，不像日本就跟咱们一样用筷子吃拉面。”

“日本倒是承认吃面之法系由中国传入，但早期历史难以追踪。现在只晓得明末大儒朱舜水避居日本长崎时，水户藩第二代藩主，亦即德川家康的孙子水户黄门曾亲自下厨煮面招待他。朱舜水为表谢意，也亲自做了藕粉扁条面回敬，汤头是用猪肉火腿熬煮成的。朱氏是浙江余姚人，这么煮，想必就是家乡口味。但江户时期除了这一佳话之外，面条史没太多可说的。现代日本拉面也与古代无关，是清末才渐渐形成的。东京－横滨地区源于广东面食的拉面，是以鸡骨、猪骨做汤，配上青菜、叉烧肉、笋干等，口味是适应关东地区的酱油味。20 世纪 20 年代以后，北海道地区才又有由山东肉丝面改造成的清汤拉面。第二次世界大战以后，札幌的味噌拉面、博多的猪骨拉面亦渐崭露头角，形成拉面四大系：酱油、味噌、猪骨、清汤。其实拉面的材料很复杂，也有用鱼板、紫菜或煮蛋的，面更是各式各样，但口味之分，似乎主要仍就汤说。1958 年日本人安藤百福发明的‘方便面’，也命名为鸡汤拉面。现在市面上方便面种类千百款，内容都是干燥面条。其所以叫牛肉面或鸡丝面，也不是由于它里头真有牛肉或鸡丝，而是那小小包的配料可让你仿佛尝到点鸡汤味或牛肉汤味而已。”

“可是我们吃面也不尽是汤的，也有干面。尤其凉面好像都是干拌着吃！”

“对，热的汤面和冷的干面，恰成一对比。但也不一定，日本、韩国的凉面就多有汤。如日本著名的盛冈冷面，源于韩国冷面，用藕粉和面粉做成，汤也是冰的，吃时还可配上泡菜。我们古代，如杜甫说的‘槐叶冷淘’，用槐叶取汁和面煮熟了吃，是否带汤，我不晓得。可是苏东坡《二月十九日携白酒鲈鱼过詹使君食槐叶冷淘》诗中讲‘青浮卵碗槐芽饼’，则似乎是有汤的。清朝《帝京岁时纪胜》说北京夏至时家家吃冷淘，‘俗称过水面’，才明确讲它只过水，不盛汤，现在各处凉面、凉粉也多是如此。热面干吃的则较少，比较好玩的是四川宜宾之燃面。做时先将芽菜洗净，滴干水分，切细炒了，再化猪油炒香，配上酱油、醋、辣椒油、葱花、碎花生等。面煮熟后捞起，沥干水分，拌着吃。因油温高，且伴着油脂，可以起燃，所以叫燃面。这是热极了而干吃的。”

“好可怕！我不吃辣，所以你别想骗我去吃！”她说。

“哼！你既爱吃，那就该什么都吃。这也不吃、那也不吃，岂不显得偏执！你看电影《卧虎藏龙》里形容玉娇龙在野店喝茶时，人家问她与江南鹤、李慕白的关系，她回答：‘什么鸡呀鸭的，我从来不吃两只脚的东西。’只这一句，就把她刁蛮的大小姐个性描绘透了。你偏食的这些话，在家里跟我说说倒也无妨，出外可得少讲，免得人家嫌你爹对你少了管教。”

“笑话，你就爱趁机教训人，谁吃东西没有偏好！有的地方偏于酸，有的地方偏于甜，有偏好才有特色！”她很不以为然，昂起头，挑起眉，抗辩道：“像你刚刚说的意大利面，我就知道意大利北部跟南部的偏好也是不一样的。皮埃蒙特等地，由于紧邻法国，深受法国影响，常将白松露和奶油一起烹调。北部弗留利-威尼斯朱利亚则受奥地利影响，以米，或玉米、大麦、栗粉等煮成的粥（polenta）也比意大利面流行。而且，人家的不同，也不是因你说的工具有异，根本就只是口味问题。所以南方人比较偏好吃煮得稍微干而硬的意大利面，北方人喜欢吃起来较软的。Ziti，这种水管状的短意大利面，主要在南方吃。”

“倒也是。口味又影响着做法，所以比萨源于佛卡恰面包（Focaccia），用小麦粉、盐、橄榄油、酵母等混合发酵后火烤。拉丁语 Focas 指火，Focacia 指用火烤的东西，恰好甚似中国把烧饼称为‘火烧’。但比萨把料都放在饼上，火烧则大多把肉菜等夹在里头吃，许多地方称此为‘肉夹馍’，而实际是馍夹着肉。现今的 Focaccia，也仍常将蔬菜、火腿夹入两片 Focaccia 中吃。从材料上说，都是饼跟肉，但吃起来先吃到饼还是先吃着肉其口感并不相同。犹如面包与比萨都是烘焙的，面包较蓬松，比萨较板实，而比萨只流行于意大利，欧洲中北部便以面包为主。意大利北边，俗近法国，亦以面包为多。”

“为什么不蒸馒头？”

“呆子！欧洲人不会蒸炒，烹饪之术仅限于煎、煮、烤、炸。煎为烤之一类，炸又为煮之一类，入水为煮，入油为炸。因此意大利、法国之不同和它们跟中国的不同不一样，它们是系统内的差异，它们和中国则是不同体系间的区别。”

她很不以为然：“系统也没那么大的差别吧。欧洲跟中国还是有很多地方很像的。许多人在中西不同上做文章，我看是瞎掰的居多。比如说中国人喝豆浆，欧洲人喝牛奶，所以中国人温良、欧洲人强健之类。其实，我上次写论文时查过资料，古代中国人也喝牛羊奶。孙思邈《备急千金要方》里面就记载了一大堆奶品，认为都是滋补品，宋朝还有‘乳酪院’这类官署；更早，周朝的郯子还扮过鹿去取鹿奶奉亲。日本则从飞鸟时代开始陆续禁肉食，但仍继续吃酥酪等奶制品。像这样类似的事例多得很，更不要说西方传进中国或中国传进西方的吃食了。”

“交流当然不少，相似之处也很多，但不能说就无体系之异。以你举的例子看，中国人、日本人都喝奶、吃酥酪，但起司（Cheese）之用绝少，在其饮食体系中并不占重要地位，在欧洲却不然。比萨也有说是中国葱花饼传入意大利形成的，但葱花饼上绝对不会放一块起司去烤。欧洲各国商场里堆积着各式各样的起司，有些长毛，有些如煤块、如马粪，其盛景也绝不见于中国。这就叫体系之异。你刚说到羊奶，中国还有种‘羊羔美酒’呢！它既不是羊奶酿的，也非形容酒美如羊羔，而是酿酒的材料中有羊羔，故而得名。高濂《遵生八笺》、李时珍《本草纲目》都记载过它的做法，《镜花缘》《金瓶梅》《红楼梦》也都描述过其吃法，可见明清仍流行于时。这就不是以粮食、水果酿酒的欧洲所能有的了。因为关键是酒曲，而用曲正是中国制酒之特点。犹如刚才说蒸、炒是中式烹饪之特点那样，以曲或酒糟入菜也是欧洲罕见的。”

“对呀，不但意大利的面、比萨、酱料都用起司，欧洲北部也一样。我听我瑞士的同学说起司乃瑞士美食的灵魂。其中一种叫艾蒙塔尔（Emmentaler），重约九十公斤，像个大车轮，表层有许多奶酪发酵过程中由碳酸形成的气孔。还有种叫阿彭策尔（Appenzeller），是加了苹果酒和白葡萄酒的；斯勃里恩兹（Sbrinz）则是最古老的，既可搓成细末做配料撒在汤或菜上，也可切薄片夹在面包里做三明治。法国的起司也种类繁多，有新鲜而硬的、半硬的，蓝莓的和烟熏的，配着面包、干果、葡萄等吃。啊，听起来真让人流口水……”

“你别馋了，中国人绝对搞不懂欧洲千奇百怪的起司，更不能欣赏许多怪味怪样的起司。那些腥的、膻的、酸的，真拿给你吃，你可未必敢尝试！”

“中国不也有许多臭菜是老外不敢向迩的吗？如各地的臭豆腐。上次被你拉去吃的湖北臭三鲜、绍兴霉千张，我就不敢吃！”

“那不一样。霉菜、酸菜、臭菜、腐菜，其实中西各处普遍都有，口味侧重点不同或材料不同而已。那还不足以构成体系上的差异，体系性差异乃是因烹饪技术、观念等形成的一连串关联性的不同。像刚才我们说欧洲人用起司，是遍及面、饼、饭、汤、酱料中的，或单吃或杂用。我们的臭菜便只是菜中一小类，不可能延展那么广。若要比拟，则豆腐在中国菜里的作用或许差不多。”

“豆腐本来是我们发明的嘛！”

“对，但是食材本来就有两种，一是天然的，一是制造的。天然的，是靠山吃山、靠水吃水。像欧洲南部西班牙、葡萄牙多吃海鲜，北部丹麦、芬兰也如此；中欧才以兽肉为主，有牛肉、山羊肉和野味，或炖煮，或用铁叉叉起来烤，或直接放在架上烤。一国之内，意大利南部多用鱼虾，中部便多吃肉，如佛罗伦萨式牛排和野猪肉、鹿肉、兔肉等，这是天然物产决定的。东西产得多，易于取食，通常就会成为主要吃食，罕见者则或视为珍馐或视为禁忌，根本不敢吃。如中世纪欧洲贵族吃天鹅，吃孔雀，吃鹤，都是常事，《布尔伦诗集抄本》中即有用拉丁文写作的油炸天鹅之歌。当时或许也不多产，故仅王公贵族才能享用；现在天鹅、仙鹤更是稀罕，哪还能吃到？这是珍馐类的，还有变成禁忌，不敢取用的。如癌症的英文名字 cancer，源自拉丁文，意思正是螃蟹。可以想见当时对螃蟹这横行的无肠公子或许心怀畏惧，未必敢吃。现在西方谚语还常形容勇敢冒险者是‘第一个吃螃蟹的人’。其实我在台湾宜兰山里就看见过猴子吃螃蟹。用石头砸开蟹壳，大吃特吃。可见吃螃蟹是猴子就已经懂得的事，只不过某些地方的人少见多怪，惧不敢食罢了。其他许多罕见物亦往往如此。”

“嗨，这些我都知道了。”她不耐烦地打断我，“你不是要讲制造物吗？怎么谈了老半天自然物产。自然物产有什么好讲的？中国南船北马，故南方吃鱼米，北方多食牛羊，谁不晓得？”

“谁不晓得？哼，我告诉你：天然物正因为是天生的，所以被许多人认为是正当的；非本地之自然产物，便常遭排忌，觉得吃那种食物的人野蛮。而其实另一些食物在当地亦是最常见的。譬如闽粤人吃蛇，北方人或欧洲人视为恶心，不开化之象征。实则闽字即是门里面窝着一尾蛇，蛇在闽粤乃最常见之物，取食再正常不过了。古代欧洲人吃马，吃狗，吃驴，吃鹿，亦是如此。正常物产会形成一个地方基本的饮食习惯，研究饮食的唯物论学派，便依此立论，说饮食非道德问题，也不是文明或野蛮的问题。热带地方，昆虫类多；丛林或大陆地区，大型脊椎动物多；平原则谷物、家畜多，当地人的饮食习惯即依此而定，这一派也称为‘最适采集论’。这虽是最简单的道理，但一般人却最难体会。因为一地之物产既成为我们生存及饮食的凭借，它同时也就限制了我们。一个地方的基本饮食习惯形成后，即封闭了该地人的饮食思维，令该地不能了解异域殊方之饮食，异乡人也不能进入它的饮食天地。因此‘最适采集论’还该补充一个角度，即‘最易蒙蔽论’，这是人类饮食偏见的主要来源。另外，这派论者纯从物质角度看，只能见到某物多不多，以为多者就适于采集。未考虑到有时物产还不是多不多的问题，而是好不好的问题。如某些地方产蝎子，某些地方产蜈蚣，但吃蝎子的多，吃蜈蚣的少，何以故？嘿嘿，因蜈蚣并不好吃。金庸《射雕英雄传》讲丐帮帮主洪七公煮蜈蚣，把壳剥开，里头有白胖胖的肉可吃，至为美味云云，乃是他老先生没真吃过的想象之词。我吃过，蜈蚣湿土气太重，殊不可口。同理，德国猪脚是名菜，其他地方吃猪脚就不普遍。而在德国，吃牛排的人却少。我问当地人为什么，都说德国牛不好吃，不如奥地利的，故多舍牛而啖猪。”

“得了，别又卖弄你吃怪东西的历史！你还没说制造物哩！豆腐、干酪可都不是天生地产的！”

“你就喜欢跟我斗嘴，制造物大体是补天生物产之不足而生。一种是依料加工，干酪、起司或纳豆、香肠之类都是；一种则是本无其物，创造出来，如豆腐，或素食者吃的素鸡、素鸭、素火腿。豆腐，东坡曾形容是‘煮豆为乳脂为酥’，因此你不妨把它看成是中国式起司。至于素鸡、素鸭、素火腿、素蹄髈更不是天然的，材料大抵只是豆皮，可是能做出相应的肉的滋味，乃是比豆腐还复杂繁难之技。无论难易，这些材料都不是忽然被制出的，仍与该地原先因物产而形成的饮食体系有完全结合的特点。也就是说，豆腐固然是我们发明的，但之所以发明豆腐并用之于烹饪中，亦是因我们本来就有此倾向或需要，否则不会发明，发明了也没有用。像欧洲固然没有豆腐，亦不会有素鸡、素鸭，因欧洲无汉传佛教徒吃素的传统。即使现代欧洲的素食主义者，也无素鸡、素鸭，因他们亦无‘素菜荤做’之观念。日本也少素菜荤做之习惯，僧侣寺院要不就径行开荤，要不就以豆腐席矜示清雅，没有中道路线的素鸡、素火腿。”

“哈哈哈，‘素菜荤做’！上次你去贵州，在黔灵山的庙里吃斋，一桌酱腰花、红烧蹄髈、鱼翅羹、东坡肉、人参鸡、清蒸鱼，全是豆皮，吃得你怎么样了？你还敢讲‘素菜荤做’！”她大笑起来，“再说，你讲来讲去，都在讲体系。体系到底是个什么东西？不可能先有体系才因这个体系去制造什么或形成口味、器具、技术的偏嗜吧？似乎应该是倒过来，由于物产不同，风土有异，口味互殊，技术不一，故产生了不同的体系。”

我悻悻然道：“体系正是如此形成的。但体系也有发展和变化，会顺着这样的体系不断发展其技艺或创造出许多器具、物料来。体系形成雏形后，对口味、技术等也就自然会形成制约。”

“麻烦你举几个例子好不？我最怕你理论一大堆了。”

“嘿，那还不简单！日本文豪芥川龙之介 1921 年由九州到上海，旅游了四个月，回去写了本《中国游记》。里面记载他刚到上海，朋友带他去一家‘牧羊人’馆子吃饭，他觉得这‘菜的味道，比起邮船公司船上的伙食要好上三成’。这即是他对中国的第一印象。该餐厅乃是西餐馆，故‘墙壁、餐桌还算整洁’。此后芥川旅途中碰到的各式中餐馆，却都是吃虽好吃，吃东西的环境则令他不敢恭维。因此他说：‘总的来说，上海的菜馆环境都不怎么舒服。……味觉以外的其他感觉，与其说得到基本满足，不如说处处受到冲击。’比如有次在雅叙园吃饭，他问跑堂厕所在哪里，跑堂竟要他直接就尿在厨房洗碗池下的水槽里。这就像我于 20 世纪 80 年代坐船走大运河，在船上吃船菜，感觉甚美。后来再坐，走到船尾厨房处，看见厨子‘啪嗒’一水桶扔下黑糊糊的运河里去打水上来煮菜做饭，吓得不敢再吃了。你可以说这是一般民众不重卫生之表现，但也不妨从饮食观念上观察。咱们中国人之于饮食、烹饪，确实如芥川龙之介所说，只重味觉。虽然有时也强调色香味俱全什么的，实仍只以味为主。香色云云，皆仅就菜说，以其为滋味之辅；此外，就餐环境、气氛等，却不讲究。一些小吃，强调庶民性质，更以粗率为豪放，如四川乐山的‘跷脚牛肉’，竟以食客多把脚跷在板凳上吃而得名。文人饮馔，稍为风雅一些，但若跟日本或欧洲贵族之饮燕相比，那又依然瞠乎其后。因此今天世上说美食，推崇法国。法国总统萨科齐宣布：法国将以其美食向 UNESCO（联合国教科文组织）申请世界文化遗产。UNESCO 开放非物质文化遗产登录至今，尚未有美食项目的登录。墨西哥是第一个以美食申请非物质文化遗产的国家，但其申请在 2005 年被否决了，法国现在则显然雄心勃勃。可是法国菜或欧洲任何一个菜系，就味觉方面看，能跟中国比吗？他们最多只进化到咱们唐朝以前的阶段啊！但欧洲菜之特点，恰好就不在味觉上。一条餐巾，有几十种折法，中国人既不可能懂，也觉得无此必要。餐厅布置、摆设，成一专门建筑领域，中国人也不尽了然。莫奈（Claude Monet）即曾把他的饭厅，髹成黄色，仿佛一颗大芒果。桌椅都用诺曼底式家具，椅背采麦束图案，桌上餐碟设计成白底黄边蓝细框边，汤匙则俯伏桌面，那是优雅的摆法，以免缠碰到客人衣袖的花边。他之所以刻意如此，乃是要跟 19 世纪末那时流行的厚重窗帏、繁花墙纸、各式流苏边饰相区别。他是画家，有此创意并不稀奇，但反观中国画家，有谁如此经营其餐厅？画家中精于饮膳者甚多。溥心畬爱吃蟹，从前两岸不通时，每年都由台湾专程搭飞机去香港吃大闸蟹，一啖可尽数十只。但唯踞坐大嚼而已，莫说不曾设计过什么餐厅，或许连在哪儿吃蟹都不考虑，眼中只有蟹及其滋味而已。张大千更是著名的美食家，然亦一样。他们能提点菜单、指挥庖治、精于品鉴，而从不曾把色彩感、空间感、造型感表现于用餐环境中。这说明了什么？中国菜以味为主，爱吃的人叫饕餮，会吃的人叫知味。饕餮只有一张大嘴，没有身体其他部位。也就是说其他感官均不重要，吃只是齿颊留芳、大快朵颐之事。凡中国之所谓美食家、美食散文，讲的必定都只是滋味。可是法国米其林的餐厅评鉴，绝对不会只就菜好不好吃定甲乙，必然包含用餐环境、卫生、气氛处理等。法国餐厅讲究精致，强调优雅，在乎气氛；外场服务专业周到；每道菜都是有香气、有美感的，即便是一把刀叉、一盏酒杯都蕴含了所有对法国文化生活、艺术情境的意象与想象。所以欧洲人看中式菜肴的特点亦是'厚滋味'，感觉太油太腻，环境乃至杯盘则不讲究太甚。在欧洲旅行的中国人常吃不惯欧洲菜，满处找中华料理；但吃后更不习惯，因为大抵为适应欧洲人口味而简淡了许多。"

"阿爹——你讲得很精彩，但我不晓得这跟你的体系说有何关系？重滋味顶多只能说是我们的一项特色吧？"

"不，重滋味而不重吃以外的感觉，当然只是观察中式菜系的一条线索，不能涵盖一切，但中国菜之发展显然即循此前进。因而从口感，刀功，火候，炰、汆、炒、蒸、烫、烩、炙等各种与味觉相关之技艺来看，中国都是发展得最好的，饮膳即是个吃的体系。在中国人看来，这亦理所当然该是如此。可是在西方，饮膳或许并非吃的体系。例如早晨中午之果腹，固然也是吃，但一般对此均不讲究，一杯饮品，伴以粗粝面包即可打发。正餐或宴聚，则可视为一种社交的体系，时间既长，吃东西又几乎只是个由头，重点在于交谈或娱乐。”我从书架上翻出一本德国约阿希姆·布姆克的《宫廷文化：中世纪盛期的文学与社会》给她看：“书里说得很明白：‘在宫廷社会看来，过分详细地谈论食物显然有失体统。诗人们曾多次拒绝对食物进行详尽描述……’‘假如我在此把所上的每一道菜都品评一番，完全是无意义的聒噪。’‘如果有人问我贵族们当时吃的什么，那他最好去问其他饕餮之徒，他们会津津有味说一大串食物。’R. V. 埃姆斯的结论更是简明扼要：‘只有贪吃者才会对食物津津乐道。’宴会的主体，中国人当然以为是指吃了些什么，可是这些诗人的叙述表达了另一种态度：只关心食物与滋味是可笑或有失体统的，宴会的主要目的并不在品尝而在交换：交换友谊、权势、知识、讯息或爱情。故宴会常结合着谈话、演说、表演，食物只扮演着媒人助兴的作用。中国人的聚餐，也同样会有这类交际功能，觥筹交错之顷，众声喧哗，其兴亦不可谓不豪。但对于菜品食物之关心，却是与欧洲迥然不同的。吃喝了什么，吃喝得好不好，乃交际成功与否的关键，谁敢说‘只有贪吃者才会对食物津津乐道’？”

“喂！喂！喂！你别越讲越高兴，你的比较好像不太公平，拿欧洲中古宫廷的情况跟我们市肆饮食比，当然是这样。可是那时欧洲一般人呢？14世纪意大利人大抵都还只是夫妻两人共食一盒，就餐时还没有凳子哩，一家大概也只有一两件饮品器皿，哪谈得上什么交际体系及饮食环境。”

“不错，西方菜式分为三大类，一是农民粗食，聊堪充饥而已，谈不上艺术，跟现在的西餐概念也毫无关系。因为番茄、土豆、辣椒这些现在西餐常用之物，当时都还没有；香料、糖、盐又是奢侈品，多恃进口；狩猎吃肉，则是贵族之特权，故农民所食，十分粗简。现在各地所谓‘乡村菜’，都是改良过的。第二类是寺院等基督教体系的餐饮，强调简朴，菜色未必精致，但十分注重集体性，吃饭正是交流的仪式。第三类就是贵族宴饮。贵族宴饮基本上是为了交际，上菜旨在炫耀，不是为了满足口腹之欲，而是要激发赞叹。但贵族菜显然是主流，法国图珊－萨玛《布尔乔亚饮食史》甚至称它是‘唯一值得回忆的美食学’。既如此，我说西餐可视为一种交际体系有什么错？”

“布尔乔亚不就反对贵族，形成革命吗？”

“才不是呢！布尔乔亚市民阶层兴起，在政治经济上是取代贵族的，但在饮食等生活品位上却模仿着贵族。炫耀式消费起于15世纪中，城市里经济比较好的所谓布尔乔亚便纷纷如贵族般布置其餐具橱了。餐具橱本是大小贵族家中必有之物，在布尔乔亚，那就是最珍贵的东西啦。里头要摆放银的，或至少是锡或铅的餐具，在圣体瞻礼节时抬到街上去展览。为啥要展览呢？你可注意到我们前面讲到过的一个关键词：‘炫耀’？另外，当时认为每个布尔乔亚家庭都该有一定数量的桌布、餐巾。西式餐饮之所以要备大量餐巾，是因为当时连刀叉也没有，都用手抓，故得用餐巾擦手。但刀叉流行以后，餐巾依然被采用，仍被喷上玫瑰露、迷迭香，让人围在脖子上或腰上，一餐还要换餐巾、桌布若干次，则是对旧日贵族盛宴的模仿。餐巾可折成花、野兔、天鹅等几十种样式。所以蒙田批评道：‘我刚开始学国王们过日子的排场。可是像换碟子一样换餐巾，我又觉得太奢侈、太无必要。’可是布尔乔亚之发展却不是蒙田想走的简朴之路，而是朝更繁侈走。本来，即使在中世纪，宴会也都是把菜先预备好，在开席时就都摆上来，宾客们自己挑着吃就好了，可是后来就受俄国的影响，菜也要像碟子、餐巾一样，一道道换着上了。当然布尔乔亚不能真像贵族般，经常举办宴会；但他们也要勉力效尤，因而竟每周还要排出一个‘接待日’来，招待宾客来家饮茶、吃蛋糕、打牌、聊天、唱歌。餐桌上的餐点，这时自然也仍扮演着助兴的角色。财力招待不了太多宾客的，则要限制人数。例如只准备招待三人的，若来了第四位客人，那就难办，小说中常以此窘状为谈资。还有那些无力备办餐厅的，也不能不宴请，于是城市餐馆即应运而生。此类餐馆大盛于 19 世纪，但鲜少有一家人上餐馆去就食之例。因餐馆之目的即在交际，里面交际花林立，男士若带女人去，大抵也非老婆而是‘外面的女人’。”

“之前贵妇人主持的沙龙，性质是不是也差不多？”

“早期宴会，有时与交谈、演说并行，有时略吃毕，即到别室聚谈。沙龙就类似这种辟室聚谈。就算不在沙龙谈，欧洲人习惯把酒分为餐前的开胃酒、餐中的佐餐酒和餐后的餐后酒。所谓餐后酒，是餐后大家一人一杯，用手掌托着，以手心的温度微微暖烫着酒，边聊边喝。在台湾被大家拿来干杯猛灌的XO白兰地，其实即是这种餐后酒。重点在交流而非品酒，更不能狂饮。”

她仍不以为然：“但你讲的这套，应该是贵族们装模作样搞出来的。酒被造出，本来就是让人满足醺醺然之快感的，啜酒谈论，不是越谈越糊涂吗？何况早在希腊时期就讲酒神文化，欧洲人之酗酒更是一大传统，比中国人更甚。早期基督教传教士提倡喝咖啡，即因喝咖啡可使人清醒，与酗酒者之胡闹成一对比。工业革命以后，工人及贫民酗酒问题，也一直是社会之瘤，至今无法解决。所以你讲的，不脱贵族意识，至少也是小资情调，小老百姓或下层人之饮食绝对跟你讲的不同。”

“嘿，我的小马克思，你讲得很有道理。饮食本来就分阶层，而且上层压迫着下层，所以贵族、布尔乔亚鄙夷那些对食物津津乐道的人。他们吃得太多太撑，故要想出另一些可以耍乐的法子，让单调的饮食增加些趣味；穷人才会大啖面包，无暇开口。可是社会本来就被这主流阶层霸占了话语权，低阶层者若想不受鄙夷，那就只好模仿上层社会努力往上爬。就是马克思，也不脱此意识。他住在德国莱茵省，是著名的酒区，他父亲就有一片葡萄园，因此他可称得上是个葡萄园主。后来他结识了恩格斯，恩格斯也好酒，酒量好像还在马克思之上，一次两人狂饮，马克思竟大病了一场。马克思穷了，恩格斯也常寄酒给他。一次寄酒人病了，恩格斯还自己去打包，用竹筐子寄酒。马克思服膺马丁·路德所说：‘不会喝酒的人，永远不会有出息。’恩格斯也一样。妙在两人对考茨基本来颇为厌恶，但发现他酒量很大时，二君居然立刻为之改观，觉得他是个可爱的人。马克思对葡萄酒的这种态度，虽因嗜好，或许也与出身有关，毕竟是个园主嘛！在喝酒这件事上，教会可是主要的推动者呐！果园本多是教会经营的，基督教徒更宣传饮葡萄酒是跟上帝、耶稣神灵结合之重要方式。这和伊斯兰教禁酒的态度是截然不同的。马克思在社会理论上站在劳工这一边，可是在饮酒这方面，不知不觉就站到了小资产者和教会那一边去了。至于酒神崇拜，其实是误解。Dionysos（狄俄尼索斯）乃丰收之神，在祭祀时是用男性生殖器来代表的。人们因丰收而狂欢，故他后来才又被视为酒与狂欢之神。这项祭祀，由意大利南部传入罗马时，本是秘密祭祀，只有妇女才能参加。大约丰收之神的祭祀本有祈子之意，后来才以酒神之祀的名义，让男子也加入，而整个节日仍有非理性、放纵之意。酒神之来历如此，因而酒神信仰中颇含有性意味，你女孩子家不要知道得这么多。”

“哈哈哈，”她拍手大笑，“爸比，你讲输我了就赖皮。不管，我饿了，你带我去吃火锅！”

# 饮食大道理

人只要活着，就得吃，这是本能。但如何发展本能则是文化。

有些人把吃看成是不得已的苦差事，因为必须自己去劳作才能获得食物。而任何劳作都是很辛苦的，采集、渔猎、商贸、乞讨、力役、服侍人、出卖灵魂、布施色相，哪一件容易做？有些，你却又是想做还做不来。因此“人生是苦”，饮食就是其中一大缘故。既然如此，只好绝食，早早离开这苦海般的人生。如果还舍不得死，便只好勉强吃一点，聊以延命，忍苦待死。吃喝，在这种思维底下，哪还有半点乐趣可言？

另一些人则认为：吃，只要能苟延残喘就好，不必在这件事上花太多工夫。稍稍对付了，好去干点别的事。别的事，都比吃喝有趣、有意义。

幸而中国人没走上这几条路，我们的文化是：既然必须吃，那就好好吃，享受吃的乐趣；而且吃喝就有极大意义，饕餮国中日月长，非外邦人所能知也。

# 寻　欢

我有一方小玉饰，偶或佩在腰际。那是一只獾。

友人王樾，有阵子迷上了玉器，选石谈古，辄来与我聊聊。这块小玉就是他送我的。不是古玉。古玉，我们共同的看法是买不得。市肆所售古玉，石头当然是古的，雕凿却不出于古人之手。历来仿制，巧夺天工，行家也不能分辨。吾人玩玉解闷，聊以卒岁而已，何苦为自己找麻烦，伤脑筋？因此找一块自己喜欢亦买得起的石头也就可以了。这只獾，本来就是他喜欢才买来的。买后送给了我，我也很喜欢。

獾，其实就是欢。

一块石头，雕成什么，原即有些讲究。

例如近年新疆和田的羊脂白玉已渐不生产了，大件玉石极其难得。故市售所谓和田玉，多系青海玉、苏俄玉或东北玉，甚且有用玉石粉模塑成形的。有友人幸获一块好玉材，问他雕了什么，却原来刻成了一棵大白菜。

我以为他附庸风雅，有意模仿故宫名品“翠玉白菜”。谁知不是，而是取意于发财。菜者，财也。据说这样才好脱手。因为买玉的人要讨吉利，一如买国画的人爱买富贵，画家便只好“多买胭脂画牡丹”。

把玉石刻成獾，取意当然有别于此。不在乎富贵与否，只希望日子能过得欢欢喜喜。

古诗云：“人间有味是清欢。”欢，是个好字眼，也是好心情。六朝时，男女谈恋爱，更把情人称为欢。情人是欢，意思大抵近于从前一首流行歌曲，叫《我一见你就笑》。想及或见及情人，满心欢喜，笑逐颜开，故情人就唤作欢。纵然情人结为夫妻之后，变成了冤家，也不失欢喜冤家。冤家而仍然欢喜，则怨毒嗔闹之中毕竟还是有些甜蜜的。

因此友人送我这只獾，大概就是要我多体会这欢喜之意，常存和气，有喜乐心。

古人佩玉，本来就在装饰美观之外，存规箴讽喻之旨。故性急者、性躁者皆佩玉以为节制。吾性褊直，间或狷狂，友人送我此物，令我时时抚弄，当是意在言外的。

獾像狸，又像狗，也像一只蜷曲的猫。刻工并非名手，雕凿仅略具形似而已，谈不上美不美。搁在腰间，反正也看不见。我闲暇时，无聊时，躁郁时，孤凉时，随手摩挲它的脊背、抚玩它的头鼻，便觉它拙得可爱。知道它叫獾，人就又逐渐欢欣起来。

这不是百无聊赖时的小李飞刀李寻欢。他刻小木人来消祛愁思，自谓寻欢，实仅等于“遣悲怀”。吾人之寻“獾”作乐，则是“一晌贪欢”。暇时一握，触手成欢。

人生其实岂非如此？欢喜，本来就可以握在自己手上。当境即是，欢喜就好，何须再去想那些白菜与牡丹？

# 道家生活方案

道家，在历史上既指老庄，也指道教。这一路思想具体用在日常生活上，可分成两部分，一是在生活世界中优化自我，一是改善世界。两者是相通的，因为它们主张“治身如治国”。但前者毕竟跟每个人生活较相关，所以我先讲讲这部分，并稍微介绍些相关历史知识。

一、按摩或体操锻炼法。早期传下来的八段锦、五禽戏，现在还有很多人用。按摩，更已成为日常。按摩早有，但唐时药王孙思邈《备集千金要方》中最早记有天竺按摩法。记载很简略。“婆罗门导引法”则见于宋时张君房所编撰的《云笈七签》，又分别见于王仲丘所撰《摄生纂录》和席裕康所辑《内外功图说辑要》。这时中印密教已很盛行，诃陀瑜伽可能已传入中国，因此“十二导引”中有些名称与密教的著作所列很相似。如“龙引”与“蛇功”、“黾引”

与“黾功”、“仙人排天功”与“仙人功”、“鹤举”与“鹳功”等，但是在功法与身体姿势方面有很多迥异，两者对照不起来。在时间上也有矛盾。《云笈七签》可能比《诃陀瑜伽之灯》为早。另外，相传《易筋经》为达摩所传，但实不可信。试以《易筋经》中的十二势，与12至15世纪间出现的印度教密教的《诃陀瑜伽之灯》相比，少数名称如“倒拽九牛尾势”与“牛头功”、“韦驮献杵势”与“勇士功”或“金刚功”相似外，其余都是不同的。

二、吐纳调息法。吐纳法在我国春秋时就已流行，《庄子》曾提到“吹呴呼吸，吐故纳新”，马王堆出土的《养生方》《十问》中十分强调“息必深而久”“深息以为寿”。后来印度的密教诃陀瑜伽所要求的“呼吸要长而细微，注意间隔”等是相似的。密教的行事一般分为所作坦多罗、行坦多罗、瑜伽坦多罗和无上坦多罗四部。所作坦多罗以念诵真言、结坛、供养等事为主，因之不属于瑜伽范围之内；行坦多罗以密咒和观想并重，故可附属于瑜伽；瑜伽坦多罗以五相成身观法为主；无上瑜伽部以修中脉、风息、明点为主。无上瑜伽部，其中父部着重修风息，故称为“命瑜伽”；母部注重明点，因而称为“精进瑜伽”或“努力瑜伽”；无二部着重修“双身”（男女交合）。印密把印度古典瑜伽与密教的玄学结合后，出现了很多派别，其中最重要的是由古罗俱商那特建立起来的诃陀瑜伽派（Hatha Yoga），主要经典是《诃陀瑜伽之灯》和《湿婆本集》。诃陀瑜伽和无上瑜伽的母部都注意修呼吸技术和专注一点。和道教中的修呼吸技术的吐纳法很相似。道教很重视在吐纳中的存想或守一（把意念存放在一处，例如放在丹田上），而印度教密教也重视这点。密教的无上瑜伽和诃陀瑜伽都主张：在人体中有“三脉五轮”或“三脉六轮”。三脉指左、右、中三脉。中脉位于背脊骨中，上起顶门，下达会阴，是人性命的中枢，左、右二脉贴于脊椎左右。而诃陀瑜伽所主张的三脉也位于大脑神经中枢。密教认为“五轮”（五重脉轮。相当于现代科学的神经节）其位置在头顶、喉、心、脐和会阴处。诃陀瑜伽主张有六脉轮，这些脉轮位于骶骨、前列腺区、腹部、心脏、喉部和头顶穴。每重脉轮都有着若干脉结，连贯大小诸脉。左右二脉相当于道教的督脉、任脉。顶、喉、心、脐、会阴等脉轮大致位于任、督两脉分布的穴位上（泥丸宫、神庭、重楼、绛宫、气海等）。密教认为，人们在修习瑜伽时，可用气息（风）的力量，引发背脊骨中潜藏的力量或灵体由下而上达顶端，打开脉结，获得无尽的智慧和成就。道教也认为，在修持中可以使元气自行发动，冲开督脉，以通任脉，使督、任周流，达到养生的目的。

三、服饵养生。道、密的炼丹与制药技术是现代化学与医药学实验的先驱。道教的炼丹术也称为“黄白之术”，它在两汉发展起来，至唐代炼丹家奉《周易参同契》为祖经，是世界炼丹术最早的著作。炼丹的术士们由于对炼丹制药的理解不同形成了铅汞派、硫汞派及金砂派。所谓炼丹，是在炼丹炉中将时、空压缩起来，模拟宇宙演化和反演化的规律，炼制出一种称作还丹的“凝固的道”。服了这样炼出的固态的道，就可成仙。印度也类似。印度著名化学家雷易（P. C. Ray）《古代及中世纪印度化学史》称：“印度的炼丹术、炼金术绝大部分带有密教的色彩或味道。”密教的崇拜“是一种奇怪的混合物，一方面属于炼丹活动，另一方面又是稀奇古怪的放荡淫猥，有时令人厌恶的仪轨”。印度和中国一样，存在着大量的炼丹术文献，薄泰恰里耶教授已编出极长的目录，其中重要的有《丹鼎宝身经》（*Rasaratrakara*）和《汞海》（*Rasarnava*）等。印度教湿婆派也和中国道教一样，用水银炼长生不老之药，据说服后可与神冥合而为一，达到解脱境地。11 世纪在印度还出现过独立的水银派（Rasayanas）。道教在什么时候传入印度已不可考。“老子西行出关化胡”的故事和典籍，佛教曾强烈抗议，反对此说。但即使不说老子去教化了印度，我国的高僧宋云 518 年至 522 年去印度，却是无疑的。他在乌苌国时，曾向国王“具说周、孔、庄、老之德，次序蓬莱山上银阙金堂，神仙圣人并在其上”。643 年，使节王玄策去印度迦摩缕波国（当今阿萨姆地区）时，该国国王拘摩罗亦曾“请老子像及《道德经》”。647 年，唐西域使李义表奏称拘摩罗及其太子再请翻译《道德经》，李义表向朝廷报告后，唐太宗敕令“玄奘法师与诸道士对共译出。于时道士蔡晃、成英二人，李宗之望，自余锋颖三十余人，并集五通观，日别参议，详核《道德》。奘乃句句披析，穷其义类，得其旨理，方为译之”。这个梵文译本，经中外学者多年在印度和中国寻找，仍无结果，但老子思想在此之前已为印度人所知，亦是无疑的。另外，关于唐初几位皇帝遣使去印度寻求长生不死之药一事，在我国《新唐书》《旧唐书》《册府元龟》和《大唐西域求法高僧传·玄照传》中都有详细的记载。例如《旧唐书·郝处俊传》写道，有胡僧卢伽阿逸多受诏合长年药，高宗将饵之，处俊谏曰：“修短有命，未闻万乘之主，轻服番夷之药。昔贞观末年，先帝令婆罗门僧那罗迩娑寐依其本国旧方合长生药……先帝服之，竟无异效……”又如义净撰《大唐西域求法高僧传·玄照传》记有，沙门玄照……行至北印度界，见唐使人引卢迦溢多于路相遇。卢迦溢多复令玄照及使傔数人向西印度罗荼国取长年药。上文中提到的卢伽阿逸多、卢迦溢多，都是路伽耶陀的异译，意译为顺世外道。据印度德·恰托巴底亚耶和S. N. 达斯·古普塔等的研究，顺世论派也实行密教的三种修行法（酒、肉、性交），在组织上是属于迦波里迦派，迦波里迦派是密教的信徒。顺世论（意为流行在人民中的派别）一直活动在民间。因此，唐朝初年朝廷请来炼长生不老之药的婆罗门也属于密教中人。众所周知，唐太宗、高宗和太子李弘都是虔诚的道教徒。因此，他们邀请印度的顺世论者来中国炼药一事，确有根据，也是中印密教交流史中的一页。印度雷易教授在他的《古代及中世纪印度化学史》中说，印度泰米尔文献中提到的十八位密教成就者中有两位是中国人，他们的泰米尔名字叫博伽尔（Bogar）和普利波尼（Pulipani）。博迦尔原是道教徒，在3世纪时去印度，最先住在巴特那、伽耶，嗣后迁居南印度。他撰写了不少炼金术和医药学的著作，培养了许多学生，后来带着一批弟子回到中国，这些弟子在中国学成之后又回到南印度的纳德，传授“中国道”。另一位大师普利波尼与博伽尔一起到印度，定居于纳德，用泰米尔文写了不少有关巫术、医药、炼金术的著作，把中国道教炼丹的经验融合到了密教中去。博伽尔和普利波尼的材料虽然在中国史籍中没有记录，但他们的事迹是确凿无疑的。在博伽尔、普利波尼活动的年代，中国道教的黄白术已向炼丹术发展，当时只有道教徒才从事炼丹的工作，因此，他们道教徒的身份也是可以肯定的。

四、房中术或性技术。性技术在我国道教中广泛流行，被称为“男女合气之术”或“容成之术”。马王堆汉墓帛书《合阴阳》将房中术尊为“天下至道”。而道教这种用以“补救损伤、治病，或以采阴益阳，增年益寿”的“还精补脑术”，至今还在孟加拉国毗湿奴教阇塔尼亚派中流行。关于中印道、密性交技术的交流，在印度梵文和泰米尔文献中还有不少记录。最早提出印度密教“女人道”（Vamacara，性交术）的是H.萨斯特利教授（H. Sastri）。

1874年印度R. M.查特吉（Rasik Mohan Chatterji）在东孟加拉发现一批婆罗门教的梵文文献，这些文献中提到了印度密教的“女人道”，并涉及了与中国道教的关系，其中重要的有B.吉里等所撰的《度母秘义经》（*Tararahasya*）、《风神咒坦多罗》（*Rudrayamala Tantra*）和《摩诃支那道修法》（*Mahacinacara Krama*）等。1908年室利·文卡斯特瓦尔又编辑出版了《弥罗山坦多罗》（*Meru Tantra*），这个“坦多罗”也涉及了密教与中国的关系。1913年印度瓦伦特拉研究会（Vaendra Research Society）又编辑出版了《风神咒坦多罗》和《梵天坦多罗》。其中都提到印度密教中与救度母崇拜或独结母崇拜（Ekajaka）有关的“女人道”来自中国，印度密教中奉行的“五真性”供养也与中国有关。另外，还提到一个叫筏湿斯坦（殊胜，Vesistha）的密教徒曾亲自来中国学习过“摩诃支那道”。据此，比利时的西尔维·莱维教授（Sylvia Levi）还进一步研究了“女人道”与中国秘密社会的关系。以上文献中的记载，虽不免带有一些神话色彩，但印度密教与中国道教交往的事实是确凿无疑的。

五、医术。孙思邈《千金翼方》卷二十九《禁经上》说：“医方千卷，未尽其性，故有汤药焉，有针灸焉，有禁咒焉，有符印焉，有导引焉。”这些医术方法，不仅禁咒、符印、导引与道教有关，汤液、针灸也一样。《太平经》中即已叙述针灸之法；采药烧制为汤液，也往往与道教之观念有关。如《千金翼方》中说云实味辛，苦，可止痛，除寒热，其花“主见鬼精物，多食令人狂走。杀精物，下水，烧之致鬼。久服轻身，通神明”，列为草部上品之下。诸如此类，所在多有，孙思邈说“原夫神医秘术，至赜参于《道枢》”，是一点也不错的。唐代太医署及尚药局仍设有咒禁师，《新唐书·百官志》：“令掌医疗之法，其属有四：一曰医师，二曰针师，三曰按摩师，四曰咒禁师。”足证禁咒治病仍是正式被政府承认的医术。太平道本身即为一治病寓言，谓天地人均有疾，故它要来治疗疾病，使天下太平、人民安乐长寿。其具体治病之法，甚为善巧复杂，有用草木禽兽为方药者，也有用祝念之法的，更有以灸针治病的。其中《太平经·神祝文诀》一是说祝念治病为救急之术；二是说祝念之所以能治病，是因咒语乃天上神圣之用语，可以召唤神吏来替人除疾；三则讨论咒语祝念的效力。咒语其实就是神的名字，要真正懂得呼唤其名字，神才会来替人治病，若念错了或念其他咒语，便无此效果。当然，神的大小及其神力各不相同，能召到大神，治病的效果自然也就会更好。这是太平道对咒语的独特见解。它本身对这套咒语也深具信心，因此它说此术可以证实，找一个病人来，祝念即愈者，是真正有效的咒语，若祝念无效，便是“应邪妄言”。祝念在太平道中之重要性，由上引文献即可充分得知。然此非其唯一治病之法，太平道亦用草木禽兽合成药物。对于这些能治病的草木禽兽，平时即应多予注意，了解其疗效。这是它与一般医家相同之处。但用草木禽兽治病之术，在《太平经》中乃是与神灵信仰相结合的，如此便使得它和一般医家极为不同。以灸针治病也是太平道甚为强调的，但它所显示的经脉观与《内经》颇不相同：（一）论脉不论经。（二）论脉亦非十一脉或十二脉的架构，乃三百六十脉。（三）依《内经》，脉虽系脏腑，外则系于手足，亦不总会于头顶。太平道反是，谓脉总于头顶，而不系属手足。可见它们对于脉的路线与脏腑联系之关系，见解殊异。（四）兼用灸与刺，说灸为太阳之精，针为少阴之精，与《内经》以针为主者不同，《内经》亦无针乃少阴之精的讲法。（五）太平道的脉理，除了用以治病之外，亦可用于养性。以脉应四时五行之气，呼应一年三百六十日的度数，便可以养生。此“调气安脉以养生”之说，为《内经》所不及论。（六）针灸，在此处并不视为纯医疗技术问题，所以说针灸时“实与脉相应，则神为驱使；治十中九失一，与阴脉相应，精为其驱使”。针灸仍是与其精神信仰相结合的。《太平经》说它的治法效果好，得天经脉谶。“谶”这个名称，就显示了它具有与神相呼应的关系。《道藏》太平部收有《千金要方》《急救仙方》《仙传外科秘方》等药书多种。《道藏》之编次，素称凌杂，归类尤多可议，但将此类药书纳入太平部，却无形中透露了太平道和医学的关联。事实上，太平部中还有《太上灵宝净明天尊说御瘟经》以及模仿佛教维摩诘故事而作的《洞玄灵宝太上真人问疾经》等与医学有关之书。太上真人问疾，而得治耳、眼、鼻、口、手、心诸疾之神通，更能体现道教与佛教宗旨上的差别。另外，《太玄真一本际妙经》亦云世人“应当听受是经，识医良术，乃能疗诸妄惑之病”，“此经非但能治惑病，亦能发生妙善之法”。凡此均以医为说，显见太平部与医药之关系确然不浅。道医传统，自太平道以降，似乎也已是非常明晰的一大宗了。

六、精神清静。唐朝王冰注《黄帝内经素问》，多引道家道教语。如《上古天真论篇第一》引老子曰“万物负阴而抱阳，冲气以为和”“弱其志，强其骨”“持而盈之，不如其已”“物壮则老，谓之不道，不道早已”等。引庄子曰“全汝形，抱汝生，无使汝思虑营营”“执道者德全，德全者形全，形全者，圣人之道也”等。又引《道德经》河上公注曰：“有欲者亡身。”引广成子曰：“必静必清，无劳汝形，无摇汝精，乃可以长生。”故圣人先之也。引《真诰》曰：“常不能慎事，自致百疴，岂可咎于神明乎？”等。一篇文章，不过数百字，而注解引用了这么多道家道教语来诠析文本，并不特别令人感到奇怪，因为《素问》整体所表现的人生态度，确实近于道家。不但其所用术语往往与道家相同，恬淡守朴、去世离俗、积精全神之主张，也正是道家所强调的。王冰引用道家乃至道教言论来诠释它，应该说是颇能切合其机理。事实上，《内经》本身就是道教的传本。其书在唐以前不显，唐朝王冰予以修订重编并加上注解后，才渐流通。但王氏传本，本身便多可疑。一是修订幅度太大，其自序云：“其中简脱文断、义不相接者，搜求经论所有，迁移以补其处。篇目坠缺、指事不明者，量其意趣，加字以昭其义。篇论吞并、义不相涉、阙漏名目者，区分事类，别目以冠篇首。”几乎是全面重新整理过了。如此整理或整容以后，到底还保存有多少原貌，后人不无疑问。二是其中补了他自己师传的七篇文字，宋代林亿《素问补注》说这七篇可能是《阴阳大论》的文字，并非《内经》原文。而正是这七篇，可以让我们看到汉、魏、南北朝以迄隋、唐这段时期医学与道家道术间的关系。王冰所补七篇，是《天元纪论》《五运行论》《六微旨论》《气交变论》《五常政论》《六元正纪论》《至真要论》。其中《五运行论》说：“黄帝坐明堂，始正天纲，临观八极，考建五常，请天师而问之曰……”这里讲黄帝问天师，与其他各篇多说黄帝、岐伯问雷公不同，而天师者，当然立刻令人想起它与道教的关系。果然，接下去，文章描述黄帝与岐伯的对谈，岐伯就谈到他看《太始天元册》，有丹天、黅天、苍天、素天、玄天之说：“丹天之气，经于牛女戊分。黅天之气，经于心尾己分。苍天之气，经于危室柳鬼。素天之气，经于亢氐昴毕。玄天之气，经于张翼娄胃。”黅天，就是黄天，太平道起事时曾有口号云：“苍天已死，黄天当立。”此五天说，正表明了它与道教的联系。《六微旨论》则讨论到“太一”的问题，说“太一，天符之会也”，又说六气应五行，“天气始于甲，地气始于子，子甲相合，命曰岁立”，这些显然都属道教之说。它们主要表达的一个观念就是：人要活得好，就需要与天合气。

西方当代思潮在处理人与自然这问题时，为了批判反省 17 世纪科学革命以来的观念，往往回溯其古老传统，从其思想遗产中找到与现代西方不同的自然观来作为思想资粮，建构新的普世伦理。可惜这些西方当代生态哲学家不谙东方哲学，否则他们应更能由道家这种自然观和伦理态度中找到思想的资源。天人和谐，才可以养生，可以尽年。

# 日常生活批判

第二次世界大战以来，赌风之盛即与都市化的速度如影随形。不但各大都市中多有专区开赌，甚至有特别建立的赌城，如拉斯维加斯、蒙特卡罗之类。也有一些城市以赌著名，靠赌来维持社会发展，如澳门就是一个例子。

香港赌风虽不如澳门著称，但赌马仍是重要社会事项。当年收回香港时，打出的安定人心口号，即是“马照跑，舞照跳”，可见赌马在港人生活中有多么重要。赌马之外，其他赌博类别亦多至不胜枚举。这些赌项，或许未超过欧美之范围，但赌博深入人之意识与审美领域，创造了赌博类电影（《赌王》《千王》《赌圣》等），却是独树一帜，与武侠、武打类电影同样大放异彩，令世界影坛不敢小觑。

当然，在欧洲，赌博风气亦不遑多让。法国社会学家和人类学家保罗·约纳（Paul Yonnet）即指出：自第二次世界大战结束以来，法国人越来越醉心于赌博性的游戏活动。他列举了流行于法国社会的各种冒险性赌博游戏，把这些活动同第二次世界大战后西方社会的现代性变迁联系在一起加以分析。他认为，当代西方社会中各种赌博游戏活动，已经不是传统意义上的纯粹游戏，而是同时隐含参与者复杂心态和整个社会环境复杂因素的复合体，带有更多象征性质和象征结构的新因素。

把寻找快乐当成生活的一个主要目标，是因为：一、紧张的职业工作、各种社会动荡以及日益疏离的异化状态，使民众倾向于在大众媒介和电视节目中寻找欢乐，以便放松，舒缓压力。二、后现代社会的文化多样化、消费生活的提升，使得休闲娱乐倾向增加。三、现代社会的功利主义和实用主义风气，也促使民众抱着投机和营利的心态，积极参与有获奖机会的各种综艺节目或活动。

这种现象并不只显示在看电视之类休闲娱乐活动上，也显示在消费行为上。

现代社会的消费行为本来就与传统之消费不同。传统社会是以生产为中心的，消费只是应付需求之经济活动，而且非主要经济活动。主要的经济活动是生产。消费被视为不得已之恶，与“消耗”同义，所以能减少就要尽量减少，一切以“增产报国，省吃俭用”为圭臬。

但现在，消费不再是单纯的经济活动之附属因素，它已与经济以外的政治和文化因素关联起来。通过消费在社会中的渗透和扩大，而使整个社会各个领域和各个层面（包括原属于私人领域和个人精神生活领域的层面），都融合到经济因素的大海中，使人自原有的劳动主体的地位，变成以消费休闲为主的游戏活动之主体。

于是，社会中出现了一系列由消费活动所开创的新领域，而且几乎横跨了社会的各个部门，例如观光、旅游和休闲，除了经济以外，都还包括文化的各种复杂因素。同时，观光、旅游和休闲事业不断发展的结果，不但反过来带动经济生产和交通运输的发展，改变了社会的城乡结构，也加速了经济与科学和文化间的相互渗透，同时还在很大程度上改变了人们的生活方式和生活风格，深深地影响着人们的日常生活方式和心理结构。

这种新的消费生活形态，与赌博结合，也是极明显的。因为观光、旅游的行程中，大概总包括了去赌博试手气。而且日常生活的一切消费行为中，也都可以看见厂家、销售者利用抽奖、摸彩、对号、集码等各种方式来刺激人们的消费欲望，提高消费量。

广告本身也提供这样的冒险赌博性质，让人去服用某些食品、药品，去尝试某些健身器材，去进行整容、塑身试验。这些，都是极为冒险的事，起码比坐一趟云霄飞车冒险得多。但现代人每天都在做这样的试验，生活根本就是一种建立在不确定基础上的赌博冒险心态。与此同时，于文化休闲领域中日益泛滥的冒险赌博的游戏活动，又促使民众养成了游戏的生活方式和风气，形成“在生活中游戏”或“在游戏中生活”的心态。

有些文化论者将此称为“后现代游戏生活的特征”。但此类征象也许在现代社会中就已非常普遍了。而且，不论它是现代抑或后现代，论者认为它都表现出了以下一些特点：

1. 不再遵守传统道德和规范所推崇的协调祥和生活，宁愿在不断突破传统规定的叛逆性生活方式中尝试各种新的生活的可能性。平静、安宁、稳当的生活方式，被认为无聊、呆板、僵化，故普遍追求刺激、新鲜、冒险、游戏。

2. 充分利用当代消费社会所提供的休闲条件，宁愿过着以消费旅游为基本生活方式的新“游牧式”生活。现代人反而要回归古希腊早期以“无为”为乐的乐观主义哲学家们的理想。认为到处流浪的人之所以到处流浪，不是因为没有希望；恰恰相反，正是因为抱有希望，才不断地向前走。流浪的人是“旅人”（Homo viator），是开天辟地时期人类的最早原型，是最原始的人面对周遭世界寻找出路并抱有成为“人”的希望的人。只要是在旅游中游荡，就意味着存有生活的希望。“目标”的具体性并不重要，因为目标越是具体，继续走下去的希望就越小、越有限。因此，人宁愿在旅游中无始无终地游荡，寻求非具体的目标，以便达到永远寻求目标，永远抱有希望的目的。

3. 将生活艺术化和美学化。不但使生活充满着艺术的气息，而且使生活本身也成为艺术。这就是说，不是把艺术当作生活的附属品、生活的手段和工具，而是把艺术当作生活的本体，当作生命本身。依后现代的人来看，艺术的本质就是游戏。因此，艺术乃生活的原本、生活的典范，也是生活的真正理想场域。这样一来，后现代的生活方式，就是玩生活。或者，就是在玩中生活，在玩中寻求新的自由，在玩中不断创新。

4. 后现代的生活方式就是女性化的生活方式。依后现代主义看来，女性化的生活方式体现了人对于生活的“引而不发”和“后发制人”的态度。后现代主义者所追求的“女性化”的生活方式，是在彻底打破传统二元对立思考模式和男人中心主义文化生活模式的基础上提出来的。因此，他们所说的女性化生活方式，并不是过着传统文化所形塑的那种女性生活类型。它表示着一种无中心、无规则、无父权中心主义道德原则和无逻辑中心主义。这，当然不是要所有的人都变成女性。后现代主义的女性化，只是一个象征。它所要表达的，是实现一种从容不迫、静中有动和随机应变的生活方式。这种生活方式的重要特点，就是不断地采取中介化的过程，使生活方式本身变成内容不断丰富的多元结构，且又不断地创新的过程。把女性化理解为中介化，可以使生活避免僵化和过分直接，同时也给予生活本身越来越多的回旋的余地，并在迂回中不断地扩大自由的可能性。这也就是波德里亚的“拟像”论中所说的“掩饰”策略，用不断地化妆层层地将自己潜入底层；或者也就是德希达所说的那一种“推迟”和“迂回”的策略在生活中的应用。

以上这些特点，无论论者是由什么角度看，我认为它们都代表着“生活形式的转变”。大家也许会小看这个提法，但它所说的，其实是非常特殊的现象。因为，在历史上，划分一个时代，往往是根据政治发展（例如朝代、主义等）、科技工具（例如石器、铜器、铁器等）、经济生产方式（如渔猎、农业、工业或实物、货币、信用），很少从生活形式上做区分的。谈转变，主要也是由观念上说。可是后现代社会文化论者所注意的，却是生活形式的改变。

哲学由观念世界，甚至由形上学下转回到生活世界来，其实正是当代思潮之一大特色。

如海德格尔就是以“此在”的日常生活结构来批判传统人文主义。他反对延续传统人文主义和传统形而上学的基本原则和基本方法，反对把人当成同其他事物一样可以被“抽象化”和“一般化”的对象，主张从一个一个具体的个人的“此在”出发，去分析和解剖人的生存问题。

在海德格尔以前，胡塞尔从 19 世纪末开始，就把现象学的研究从抽象的主客体对立领域转向人的日常生活世界。而胡塞尔的“现象学转折”，实际上是把西方近代自然科学知识，运用传统主客体对立统一思考模式的危机，对于人的“生活世界”的忽视以及传统人文主义的抽象化，联系在一起加以批判的。

此外，发展批判取向之日常生活社会学者，所在多有。

大略言之，可分为几派：

一、哈贝马斯（Habermas）将生活世界定义为相互主体性沟通行动的场域，据以批判体制对生活世界殖民的现象。从而，他主张在日常生活实践之微观领域中，充分发挥沟通理性，自发地发展出自主的公共领域，并结合成更高层次，能够自我支持的相互主体性，对抗科层制政府及经济组织的系统指令，且对系统的内在动力及指令加以限制，以扭转社会现代化的发展方向。

二、米歇尔·德·塞尔托（Michel de Certeau）认为现代社会中，一般人的日常生活，是处在科技、经济生产系统的严密控制与殖民之下的。虽无力全面反抗，但一般人仍然能够借由诸如：消费行为、阅读、说话、居住、逛街及烹调等日常生活实作（practice），将体制的规则，予以主动转化，从而建立种种小规模的反抗战术（tactics），并组构专属使用者的反教化网络，以扭转其弱势处境，抗衡强势社会经济秩序的宰控。

三、马费索利（Maffesoli）则界定“日常生活社会学”是一种将日常生活视为社会性（sociality）展现领域的特殊观点。这种社会性，超越机械连带式社会关系，是一种相互主体共同性。他同时宣扬一种审美诠释的存有方式，重视表现在生活中的创造游戏；认为日常生活的解放，是以爱欲肉体依循游戏价值，经由集体感性、集体爱欲（sexuality）的交流，使个别肉体消融于社会性的集体身体中而达成。此种

"狄俄尼索斯精神"，所塑造的日常生活的感性形式，可使身体成为反抗社会体制的基础，并使日常生活成为一种具有内在超越性的生活风格。

四、费拉罗蒂（Ferrarotti）则主张要在日常生活领域中，组织一种具有宗教本质（共享神圣事务的需求）的团体，以抵抗日常生活的混沌及破碎现象，并解决日常生活的异化危机。他认为唯有参与共享神圣事务的共同体，方能克服科技专家心态侵犯到日常生活领域，所造成的生活无意义感、个人意识的内在殖民化与心灵的普罗化。因为只有神圣事务既是日常生活的基本要素，又是群体生活意义之所系，方足以超越日常生活中的偶然性、直接性与异化现象。

五、列斐伏尔（Lefebvre）则批判资本主义现代性对日常生活中之私人意识、个人梦想、想象及娱乐选择等活动之全面控制现象。他认为：现代社会已使日常生活领域受制于系统的规划控制力量，导致社会存有领域分裂、异化，使个人失去参与社会生活的主动性。然而，日常生活中也存在着各种否定力量，因此他提出若干激发日常生活潜能的革命方案，包括：重建都市形式、进行性革命、回归节庆狂欢（festive）精神等。希望借由这种文化革命，创造崭新的日常生活，将日常生活创造成一件艺术品，成为能够自我管理的生活。

六、赫勒（Heller）在理论上区分"日常生活"与"非日常生活"的差异，视后者具有解放前者的可能性。她定义日常生活为“使社会再生产成为可能之诸多个人再生产因素的聚集场域”，认为日常生活是整体人（whole man）不断进行外化（社会化、客观化）的过程，同时也促成社会再生产。因此，日常生活是所有社会行动、社会制度、社会生活及历史之客观基础。个人之自我再生产，有两种模式：其一为具特殊性（particularity）之“在己存有”；其二为具个体性（individuality）之“为己存有”。前者系不加反省地复制社会的既存秩序，是一种异化过程；后者则是以特殊性为基础，并自觉地彰显其物种本质（species-being），以超越其特殊性的过程。“为己存有”之个体性的发展，可使人进入非日常生活领域，例如：科学、哲学、艺术及道德等领域。所以，非日常生活是以日常生活为基础，并克服其异化现象的产物。

因此，个人要在日常生活中改变其态度，以自觉地超越异化，使“在己存有”发展成“为己存有”，特别是道德个体性，进而迈入具非日常生活性质的“有意义生活”，才能建立一个“无异化的社会”。亦即在日常生活中，个人态度的改变，将可改变个人再生产的模式，从而改变社会再生产过程，最后导致社会变迁。

纵观这些佶屈聱牙的言论，我们可以发现它们都具有一种“诡谲”的策略：他们都对我们的具体生活感到不满，希望改善；但改善之道，并非走向理念世界之彼岸、圣界，而是就日常生活进行改造或转化。改善日常生活之力量，就在日常生活中。

也就是说，日常生活既使人沉沦，又能使人超拔。既要回到日常生活，又要超越日常生活。我们若要过好日常生活，就要学会日常生活批判。

# 烟波致爽处

古代造园名家甚多，当代论冶园，则台湾、香港颇推重程兆熊先生。

程先生原学数理，后改园艺，又学造园。学成之后，因无片土，颇有庄子所说去学屠龙之技的人，学成而世上已无龙，遂无所施用其技之感，只好寄情文史。与新儒家牟宗三、唐君毅等在香港办刊物、讲学，以草木花卉言性情之教，影响深远。

程先生论园，颇薄清代园林，谓清代乃造园艺术之下堕期。皇家园林，若避暑山庄之模拟、圆明园之夹杂、颐和园之铺排，俱不入品裁。

他说得很对。今人福薄，不能再看到古代的园林之美了，能见到颐和、避暑，便以为天下之美尽在于是，故不免为程先生所哂。

但若不以清朝这些园子为典型，那就只能从文献资料、诗词画本中去揣想古代的园林和造园思想了。程先生走的正是此一路数，欲复吾国园林艺术之真精神，找出向上一路。

可是我认为用文献资料跟清代这些园林相互考证，以追蹑古人治园之奥，也不是绝对不可行的。清代这些园林，乃因此而具有一种参照系统的作用，亦不可全然抹杀。

其次，皇家园林不论如何，都有一个大功能，足破谈冶园者的拘墟之见。

什么拘墟之见?

园之性质本极复杂，以西洋分类来说，有狩猎园、圣林、实用园、装饰园、僧院园、别庄园诸种，山居或苑圃也各不同。可是古代所谓玄圃、灵囿、上林、华林等帝王园苑俱已不存；山林别业，如辋川、平泉、晋公等亦无遗迹可考。现在能看到的，只有苏扬一带的城市园林。

在城中起造园林，受地形限制，只好发挥“纳须弥于芥子”的手段，缩天地于壶中。

大家看久了、看多了这类园林，便以为中国园林之特色就是如此，乃拼命就此阐述发挥之，讲得天花乱坠。比如我手头有本某博物馆刊行的《清代工艺史》，里面谈造园的理念，便说中国园林造景意匠有三个原则：“闭塞中求敞、浅显中求深、狭隘中求险”，这就是被城市园林给骗了。

这些原则，其实只适用于城市的园子。要在方寸之地起造千岩万壑，自然需要如此。但此乃龋以为美，偻以为直之法，不是所有园子都必须得这样的。

试问皇家园林百千公顷，何须闭塞中求敞、狭隘中求险？恰好相反，它们要做的，是反过来，于宏阔中见幽邃。一如城市园林，要在平地造山岳，拟象自然；而它们反要在自然山野中缀以人巧，冶补造化。手段、眼光都不一样。

因此，清代皇家园林固然有铺排模拟之弊，但足资对照，以开豁造园者之耳目心胸，作用殊不在小。

又或许，轩敞雄秀，本来就是北方园林的特点，与江南苏扬园林不同，并非仅皇家园林如是。

如北京海淀之李戚畹园，后为步兵统领王怀庆别墅，据《帝京景物略》说："园中水程数里，屿石百座，乔木千计，竹万计，花亿万计。"看来也是雄秀可观的，非小蓬莱、小壶天之格局。

名园之小者，似仅有米仲诏勺园，即现在北京大学之一角。米氏另有一园，在德胜门积水潭东，名漫园。

勺园则又称"米园"，依明人王思任题诗"梦到江南深树底，吴儿歌板放秋船"考之，似是江南风格，园之小也相似。但《春明梦余录》谓其"园仅百亩，一望尽水。长堤大桥，幽亭曲榭，路穷则舟，舟穷则廊，高柳掩之，一望弥际"，则风格仍是雄阔的。

后燕京大学在海淀建校，用的就是勺园以及清代王公的蔚秀、承泽等园。

早期各校校园皆颇赖名园之山川清气以陶冶人才，嗣后却因校务发展之需，尽斫园林风采以迁就业务。改易格局，填塞湖渠，破山筑路，拆弃阁亭，以建现代工厂式的寮舍教室，因此园林旧貌，均已邈不可寻。想要追味曩昔，体会园林之美，除了仍去三海、颐和园等处，还能怎么办？

北京园林还有一特色，特色在水。

如前面谈到的李戚畹园“水程数里”，勺园“一望尽水”。皇家园林亦然。三海不用说了，既名为海，自然以水为主。其地本为元代的西华潭，明代称为“金海”，清以金鳌玉蝀桥、蜈蚣桥隔为北海、中海、南海，依水建为岛屿亭堂。乾隆曾题其地曰“太液秋风”，为燕京八景之一。

圆明园、颐和园等，则都选择建在海淀西山一带，为的也就是利用玉泉的水。

圆明园周围十余千米，水占大半，乃是就本有的湿地池川，辟为大小湖泊，再在岛与池，池与池间狭窄土地上，配以殿阁台榭，以为点缀。颐和园更明显，水面居四分之三，仅利用湖、岸、岛、堤，构建廊殿阁馆。就是建在山中的承德避暑山庄，景亦在水不在山。康熙自己的诗说：“水上起楼台，湖面平如镜，春风吹柳条，远与山光映。”他所定第一景也是“烟波致爽”。

游这些园，都应摆脱陆地观点，须以水为中心去看其岸屿岛堤，而非在陆上瞧水，是游湖而非走山。

江南园林，未尝不重水。但一来造园之艺，以营山为胜，或叠石、或积土、或单赏畸石，以见意匠经营之奇。二则园中之水，类以小景为多，重在泉、涧、曲水、流瀑之用。主景在水者，其水大抵也只能称为池或沼。如拙政园之为湖者已甚罕见，遑论烟波！故游园皆是赏泉石，以领略山居之趣；非游江湖，以寄烟波之想。

诗云："蒹葭苍苍，白露为霜。所谓伊人，在水一方。溯洄从之，道阻且长。溯游从之，宛在水中央。"此境，如今唯可于北京园林求之。想那年王国维先生坐在颐和园昆明河畔沉思，然后跳入湖中，"依彭咸之遗则"时，或亦有此心情。

# 台北与上海的蝴蝶绕着蜡烛飞

## 一、逸事

早期台北文人雅集中，有一台籍人士谢文凯，与大陆寓台名士过从甚密。我师张眉叔编《民族晚报·南雅》诗栏时，家中诗友燕聚，此君纵酒自饮之情状，我少日屡闻师母道之。

后我因事往见周弃子，我《哀周弃翁》一文曾记，弃公“清癯佚荡，略如其诗，与我大谈谢文凯遗事”。盖其时谢君已逝，而弃翁亦与之交好也。陈定山《定山草堂外集》亦载谢文凯之事颇多。

这位谢文凯，平生事功无所表见，仅有一册《谢文凯遗诗》，如今也已不易觅致了。他身世飘萍，仅在他们这一辈诗友的记忆和言说间略存鸿爪者，如斯而已。

而他的遗事之所以常被他那一辈人谈及，却又有个特殊的缘由。

他的母亲王香禅，正是台湾第一名妓艺妲，也是第一诗女。以《连雅堂与王香禅》为名的文章，至少就有师古、闻乐所作的两篇。1967 年，廖毓文还另写过一篇《谢介石与王香禅》的长篇小说。故在台湾，谈到诗人与名妓交往，王香禅的地位，简直类似我们谈明清之际的柳如是。

王香禅，原名王梦痴，台北艋舺（今万华）人。少入风尘，习北曲，读《红楼》，能填词。诗人王子鹤荐入大稻埕赵一山剑楼书塾习诗，遂以诗妓名。后赴台南玩春园，故与连雅堂熟稔。

连氏惊其诗才，刻意指点，诗艺益发精进。当时雅堂先生以为欲学香奁应自《玉台》入手，而运典构思，敷章定律，则又不如先学玉谿。乃以《李义山诗集》授之。香禅女士天资敏慧，读后大悟。于是雅堂先生又课之以《诗经》，申之以《楚辞》，使她的诗大为进步。在《诗荟余墨》里，雅堂先生有文称赞她，“今则斐然成章，不减谢庭咏絮矣”。据说二人之间亦有情愫，但雅堂主张不蓄妾，亦不能娶王，故王香禅后来嫁给了罗秀惠。

罗字蔚村，别署花花世界生。他在花国之地位，略如清末在上海的李伯元，而浪荡过之。是以王香禅很快就跟他离婚了。离婚后，王返居台北，才结识谢介石，并在婚后随谢介石到上海。

王、谢在上海时，连雅堂曾去拜访。《沪上逢香禅女士》云，“沦落江南尚有诗，东风红豆子离离。春申浦上还相见，断肠天涯杜牧之”，以杜牧相比，其情味可知。

后来谢氏转赴吉林，办《新吉林报》，连雅堂又应邀北行，并在报上撰文批评袁世凯。该报被查禁后，连氏又办《边声报》，继续臧否时政。王香禅显然正是激励他们的重要力量。

连雅堂诗云，“名山绝业足千年，犹有人间未了缘。听水听风还听月，论诗论画复论禅。家居鹿耳鲲身畔，春在寒梅弱柳边。如此绮怀消不得，一箫一剑且流连”（《再寄香禅》）。“旗鼓东南战伐频，玉关杨柳拂征尘。谁知风雪穹庐夜，竟有敲诗斗茗人”（《与香禅夜话》）等，都可以发现连雅堂确是以王香禅为知己的。《秋心》云，“青史他年修福慧，检书看剑有知音”，“知音”即指香禅而言。

二、连雅堂对王香禅的评价甚高。此固然有特殊因缘，但梅生《才女蔡碧吟与王香禅》一文亦曾说，“台湾女子能诗，在有清二百余年间并不多见。若有，当以蔡碧吟王香禅为翘楚”，足证王之诗才是有。

王香禅的故事，是上海与台北之间一则小小的传奇。由这一则传奇，我们不妨引出几个话题：

台湾的艺妲，像王香禅这样，能诗，擅曲，多与文士交往，乃是中国妓家的传统，而且直接承袭自上海。有些人以为艺妲是日据时代学习日本“艺伎”而出现的形态，不确。

此传承之迹，允宜稍作公论。如此名花，又有如此身世，令人低回怅惘，也是非常自然的。

## 二、话题

甲、做说明。

乙、艺妲之艺，以作诗唱曲为主，诗不必人人会作，曲则属于基本技艺。此类艺能之养成，亦多赖上海来台之戏曲工作者。后来艺妲也演戏，称为艺妲戏。其中之渊源，亦宜略事陈述。

这两大题底下各有若干小题，下文一并处理。

## 三、艺旦

艺妲又名艺旦，它与日本艺伎不相干，原因非常简单：艺妲之名，自同治年以后即有，日本人却要到光绪二十一年（1895 年）才占领台湾。

同治以前，台湾当然也早已有了妓女，但早期妓女，只有上海式的“野鸡”与“幺二”。且妓女“喜爱嚼槟榔，喜黑齿”，并无文才曲艺，足以为文人之红粉知己。

风气之变，起自台北。同治后，民间盛行“养苗媳”。

据徐萃田说，“竹枝词中苗媳，为全台所无，而台北特有者。亦如扬州之养瘦马，以为歌妓之意”。养瘦马，就是买小女孩来调教，长大后卖为歌妓，故时人诗云：“绕膝无儿莫怨嗟，买来苗媳貌如花。他年嫁得阳城贾，三斛明珠换一娃。”

调教之道，一为读书识字，延师课读；二为教唱。唱什么呢？前文谈王香禅时曾说她“习北曲”，北曲者何？连雅堂曰，“建省以后，台北校书多习山徽调，即指北管，或称京剧、外江调”。这与南部鹿港一带流行唱南管者颇为不同。

擅文墨、精曲艺者，即成为艺妲，等级较高。艺妲“无论大调小曲，需是任考不倒，才算够水平。若不具备这些条件，就上不得台盘，只好流为土娼，乡人叫作‘半掩门’或‘赚食查某’”。她们与土娼之分以及对妓女才艺的考评，邱旭伶《台湾艺妲风华》认为都本于上海。艺妲类似书寓的先生，艺妲“取鉴札”的过程也与上海仿佛。

艺妲所唱北管，民间又称乱弹，“传自江南，故曰正音。其所唱者，大都二簧西皮，间有昆腔”。所谓传自江南，意指它与传自福建泉州的南管音乐不同。虽然这“江南”未必专指上海，但上海仍为最主要的传播站。一如后来日据时期京戏、外江戏亦多自上海传来那样（详见下文）。

也就是说，艺妲之出现，是以上海书寓女校书为模型的，其艺亦多传承自上海。

艺妲的主要顾客，当然是富商大贾、社会名流。然而此辈虽多缠头之金，实非交游所重。艺妲来往，以文士为优先。因为艺妲之艺，文士才能真正欣赏；艺妲之声华，亦须借文士来鼓吹。此类互动模式，上海早已形成典型，台北之风月场，随即也依样画葫芦了起来。

其中之一，是花榜之盛行。花榜之起源，可上溯于宋代，但台湾所承受之影响，渊源没那么久远，而是上海风的移植。

近代上海第一次开花榜，在同治七年（1868 年），由刚斋主人主持。其后每一两年就会有一次。直到李伯元继《指南报》之后，于 1897 年创《游戏报》，才扩大举行花榜评选，由所有读者通信荐选，性质等于全民选美。一时之间，各小报纷纷跟进，如《采风报》《花天日报》《春江花日报》《娱闲日报》等，多有花榜之设。

台湾的情况，不如上海热闹，花榜仍是文人雅事，非公众选美。与王香禅有关的连雅堂，在主持《台南新报》时，便曾举行“赤城花榜”，选出才十二岁的李莲卿为状元。罗秀惠参与花榜评选更多，无愧他“花花世界生”之外号。

热衷于品花的文人吴子瑜，则仿《游戏报》，组织风月俱乐部，创办《风月报》，专门刊载文人吟咏赠答艺妲之作。此报后来除了这部分作品外，也有艺妲写真、艺妲个人资料、名妓逸闻趣事、小说、诗词等，故亦以“本报是纯文艺的刊物”自诩。而此类报纸，自然也是台湾学自上海的风流解数之一。

## 四、上海

前面说过，台北艺妲所习曲艺，以北曲为主。北曲又称正音，大都为二簧，西皮间有昆腔。这其实就是京戏，但非由北京传来，主要反而是由上海。

据竹内治《台湾演剧志》载，关于台湾京戏，最早是刘铭传任台湾巡抚时由北京请戏班子来台为其母祝寿。

这是最早的。但此举未产生重大影响，影响大的是后来的上海班。且，连雅堂《雅言》说得很清楚，“光绪十七年，唐景崧任布政使司，为母介寿，特召上海班来演。当是时台北初建省会，游宦寓公簪缨毕至，大都中土人士，雅好京调；勾栏从而习之”。所谓刘铭传为母寿而延此京班来台之说，殆即此事之误传。

京戏经上海班传入不久，台湾即割让给了日本。但台湾人喜欢京戏的情况丝毫不减，故台湾虽已沦为异邦属地，上海戏班渡海至台湾演出却未中断。计自 1908 年至 1936 年之间，超过四十个团到过台湾。须知整个日据时期，抗日战争全面爆发后的八年不算，四十二年间，到台湾的剧团共六十团，其中四十个团都是上海班。上海京班对台湾戏剧影响之大，可以概见。

这些上海戏班，台人或称外江戏、申班、申江正剧、正音戏、沪班等。这些戏班来台，在台北地区先是在淡水戏馆、“总督府”官邸、台北日式剧场台北座演出，1909 年后，专演中国戏的淡水戏馆落成，即以此地为主。后淡水戏馆由辜显荣购得，改名新舞台。1920年艋舺戏院落成，1924年大稻埕永乐座落成，1935年大稻埕台湾第一剧场落成，这些剧院为了拼场，年年都组织名角名班来台，激起全台一片京剧热。因为这些戏班除了台北之外，又都巡回全省各地，故影响绝不仅限于台北一地。

这么多上海京戏团来台，对台湾之影响也是多方面的。

其一是京戏本身。在大陆，论京戏，自然要以京派为正宗，上海之所谓海派，某些菊部论者颇有微词。但在台湾，京派全无市场，对京戏之认识与喜好，均以海派为依归。

海派唱做，不以含蓄见长，而以淋漓尽致为美，京派讥其为“洒狗血”“耍花枪”，可是台湾所欣赏的，正是此种。例如真刀真枪上场、唱腔灵活酣畅，舞台运用机关布景、灯彩，乃至掺杂幻术表演等，都是海派的特点。上海自1881年在舞台上引进电灯后，更发展出了“五色电光”的效果，台湾很喜欢这种效果。1916年上海上天仙班把写实绘画布景引入台湾后，台湾也不断发展此种作风。因此1924年（大正十三年）3月11日《台南新报》说上海联和京班演狸猫换太子时“九曲桥忽显出九个土地保护太子，盒中太子忽而蜜桃，俄而太子，令人无从捉摸”，“一座宫殿顷刻变为孝堂、满台雪白装潢，灿烂如数十进之深远”，“用真火景使一座冷宫，霎时烧得烈焰通红。火光中显出仙桥一架，李妃端坐莲花腾空而去”（《菊部阳秋》）。此类机关甚或幻术之使用，亦普遍行于台湾本地之戏班间。

直到光复后，京派京戏才逐渐成为台湾京戏表演方式的主流。但老戏迷对光复初期即来台演出的顾正秋剧团仍深表怀念，顾正秋及顾剧团一些老演员，如胡少安等，在台湾京剧界仍有崇高地位。

其二是上海京戏班对台湾其他剧种也有极大的影响。本地各种戏种戏班几乎都从京班那儿观摩、学习、且移植了不少东西。剧目、表演、演出形式、舞台美术，无不可看到京戏的影子。例如傀儡戏的剧目、音乐就是如此。即使是光复后逐渐发展出来的金光布袋戏也与海派京班的舞台处理有着深远的关系。

歌仔戏更是如此。1910 年之前，歌仔戏大约仅是僻处在宜兰一地的戏种，后来吸收了许多京戏的剧目、表演方式、服装、脸谱、布景等，才一跃而成为成熟的戏种。

当时上海京班许多艺人参与地方戏班，或排戏，或授徒传艺，或客串，许多人甚且因此长居台湾。如王秋甫，于 1908 年随上海官音男班来台，即老卒于台，有子王老虎等皆学戏，王老虎在桃园日月园内台歌仔戏班。王建亭，为上海盖叫天门人，1927 年来台后即未返上海。光复后在台北大桥头复兴社歌仔戏班。张庆楼，1931 年随上海义和升班来台，曾在杨梅、台南搭京班歌仔戏班，授徒甚多，九十而卒于台。有养女张芷萍入小大鹏习武旦。其弟张君武，光复后亦随顾剧团来台。其子张富椿等皆为京剧演员。诸如此类，徐亚湘《“日治”时期中国戏班在台湾》论之甚详，可以参看。

其三是女优戏在台之盛行。

女优戏在古代本是常态，《红楼梦》中诸伶官亦皆为女子。但自乾嘉以降，旦角及小生行，都由伶童扮演，所谓“插宫花于帽侧，饰小童为少女”（《情天外史·后序》），成为一种规例。台湾亦不例外。直到日据以前，均无女优之记载。

而上海在道光年间则已开始有女童演戏了。这些戏称为髦儿戏、毛儿戏、猫儿戏等。亦有妓女担任。光绪年间，乃有专演髦儿戏之戏园，女优正式重返舞台。

台湾不久之后，也受到影响，1898 年 3 月 15 日《台湾新报》载，“台北十余年前新建省会，仕宦毕集，商旅偕来，风气日开，顿成繁华世界。而外江之歌妓舞女航海来台，争树艳帜者遂不一而足，兼之在地妓女互相效颦，……近日教曲诸人，邀集女徒，乃仿从前故事，一同学习戏文，择昨日一十四日，在龙山寺搭台演唱”。这是女优重返演艺世界之始。1908 年上海官音女班、1916 年上海苏州群仙全女班、1922 年上海如意女班等，更不断来台表演。

风气渐渍，台湾的各种剧种甚至亦逐渐女班化。许多歌仔戏班，不但旦角、小生以女性演出为主，即使老生、丑角也用女性扮演。女优戏渐盛，不能不说是上海戏班在台之重要影响。

而这就又与艺妲有关了。

艺妲是要习艺的。在养成阶段就得“请先生教曲”。其曲早先以南管为主，自“建省以后，台北校书多习山徽调”，自然就需聘京班艺人为教席。

艺妲们学了戏之后，除了在其书寓中浅斟低唱之外，不免也要登台演出一番。1898 年上海曲师以上海髦儿班的形式，集艺妲二十余人，教演女戏于艋舺龙山寺，即属此类。1912 年则有大陆戏班与本地艺妲合作演出之例。此外，艺妲的表演，也从早期“可怜身似琵琶大，也抱琵琶学唱歌”的自弹自唱，变为合唱，伴奏锣鼓（称为开天官），而到酒楼中唱。如王香禅就因“前此曾随艋舺某艺妲戏班来台南，上演于旧宝美楼酒家，以演京剧《二进宫》《三娘教子》《祭江》等，使古都绅士不少拜倒在石榴裙下”。

这些艺妲唱戏、票戏，形成了台湾戏剧史上“艺妲戏”的传统。

## 五、交流

上海虽号称是春申君旧地，其实开发甚晚。但开发之后，发展迅速，同治十年（1871 年），陈其元《庸闲斋笔记》已慨叹上海，“夷夏糅杂，人众猥多，富商大贾及五方游手之人，群聚杂处，娼寮妓馆，趁风骈集”。到了光绪末年，租界内华人女性人口，妓女所占比例，居然已高达12.5%（详见吴圳义《清末上海租界社会》，1978，文史哲出版社）。

文士品花，遂亦聚集于此。以王韬《淞隐漫录》考之。卷八有《申江十美》《桥北十七名花谱》，卷十有《二十四花史》上下、《十二花神》，卷十一有《三十六鸳鸯谱》上中下、《名优类志》，总论申江名花；其余《丁月卿校书小传》《花蹊女史小传》之类，更不可胜数。

台湾的妓馆娼寮，一方面以上海为典范，上海化，形成类如书寓校书的艺妲，传唱着上海的戏曲。歌台舞榭、表演事业，无不洋溢着上海风。此风不待“百乐门”“金大班”之类故事与传说而后始盛，早在光绪年间便已如是了。平时我们说台湾史，只晓得闽台关系之深，却少有人明白上海对台湾影响之深之早。妓家文化，不妨作为一个有趣的观察切入点。

另一方面，上海与台湾也在互动中。犹如《台湾新报》所说，“外江之歌妓舞女航海来台，争树艳帜者遂不一而足，兼之在地妓女互相效颦”。上海妓女来台淘金，一如上海戏班不断赴台演出，希望多赚一点银子。

但上海与台湾之间，上海并非单纯的文化输出者，上海妓与台湾本地妓“互相效法”，是有互动、有相互影响的。只不过，相互影响者大抵在一些行为细节上，大的、总体的，例如妓女品级及行为模式、文人对欢场的态度、涉足花丛时的心境及审美品位，歌台舞榭的经营形态、歌舞的内容，台北基本上是依从上海的。

这个情形，有点像20世纪90年代两岸交流以来，上海、北京也有不少艺人赴香港发展，在歌唱、演艺界争树旗号者，不一而足。台、港艺人在言谈、行为举止、行事风格上，也与大陆艺人“互相效法”。但整体娱乐事业之经营、演艺人员与观众之关系或对应模式，基本上毕竟是港、台发展出来的那一套。

歌台欢场的情况，更是如此。

## 六、台北

台湾的欢场，纯性交易的土娼，不入品藻，可置勿论。带技艺、能唱曲者，为艺妲。艺妲有自立门户者，也有集中营业的。日据时期始实施公娼制度，进行管理，妓院称为“贷座敷”，黄拱五诗“衣香鬓影迷魂窟，新易名辞贷座敷”，即指此。台湾人则称艺妲营业处为“艺妲间”。光复后，妓女主要在酒家。

酒家时期，妓女歌艺自饰，且与文人诗酒酬唱的风气，便已消亡了。酒女以拼酒为高，然侑酒劝觞之间，谈吐已趋低俗，市侩习气、江湖黑道势力，渐次侵染，风尚为之丕变。上海风、红楼梦式的文人雅趣，与时俱逝，艺妲风华老去，亦消失在年光中。

但酒家仍与纯性交易的娼家不同。娼家的装潢、摆设、灯光，妓女招呼客人的方式，均与酒家有别。酒家可以摆桌设宴，商界政界在酒家聚会议事、协调沟通，成为社会上普遍的行事模式。我担任张建邦先生的秘书时，曾听张先生描述过早期市立法机构碰到有纠纷时，都在万华江山楼解决。直到现在，各地立法机构风气仍是如此。

例如备受争议的颜清标遭受羁押案，就是因为该立法机构成员长年在酒家聚会，报销公账所致。但受押者不服，认为全省均是如此，独独办他，有政治动机及选择性办案之嫌。

此等民意代表日日在酒家厮混之现象，社会大众普遍不以为然，谓以公款喝花酒。但事实上它有特殊的社会历史背景，也与台湾的酒家文化有关。

酒家的消费者，由文人转变为政商名流，则系台湾社会转变使然。

在清领时期，官绅为艺妲的主要顾客。艺妲之才艺，事实上即是为了满足士绅阶级而施，因此艺妲要努力使自己像个上流社会的闺秀。

日据时期，艺妲不接日本客人，其顾客仍是台湾社会上的士绅。士绅也是当时社会上介于日本统治者与庶民之间的中介层，具有实质的社会地位及影响力。

光复以后，士绅这个阶层迅速转变，一部分分化为本土型商人，一部分进入新的政治权力结构（这是日据时代台湾人进不去的）。具有文才或政经专业者，进入技术官僚系统；无此专业，但具有地方物望及资力者则成为民意代表。这些政商人士，其实仍是从前那批士绅，所以仍是酒家的主要消费群。只不过有文采者泰半转入官僚体系或文化界服务，故以土豪、政客、商贾、民意代表为组合的新消费群，品味自然异于从前的文人士绅。渐渐地，高雅的艺妲，便转变成“俗搁有力”的俗艳酒女了。

此类酒女，需要的不再是诗才曲艺，而是世事练达、人情圆通的交际手腕。可以在男人议事论政时，起润滑作用。需要有酒量、有气魄，而又能提供女性妩媚调情的作用。且因公娼制度已随日据时期结束而告终（仅少数县市尚保留部分公娼，但规模也大幅缩小。至 2001 年台北市仅剩的四十名公娼也终于结束营业了），妓女转入地下，酒家或变成特种营业，遂与黑社会结下不解之缘。昔日高级交际花形态之艺妲，乃常以“可怜的酒家女”（歌名）形象出现。酒女受制于黑道兄弟，或包养兄弟者，时有所闻。酒女也因此而有了江湖气。

这是艺妲转变为酒女的逻辑。酒女们不再自弹自唱，也不再唱南管北曲，而是一种带点日本风却又充满了台湾本土情调的方式。方式大概是这样的：

一家酒家，隔有若干厢房，房中置圆桌。客人至，则上酒菜，小姐伴每位客人坐。先饮酒，吃饭，聊天，议事。然后再请“那卡西”（电子琴）师傅进来，任客人点唱。乐师伴奏。或酒女唱，或客人唱，或共唱，亦可伴舞。歌舞之余，酒女与客人或斗酒，或聊天，或猜拳，或掷枚。酒客谈事情时则识趣帮衬，或识相保持静默。

这，称为“酒番”。酒番之酒女，一般都穿长及脚踝的旗袍。唱的歌，则为流行歌曲。部分是日语歌或由日语改编，大部分为闽南语歌曲。其中也有不少描写酒家生活、酒女悲哀、酒女与江湖兄弟生涯之类的曲词。

所以酒家跟纯营性交易的娼馆颇为不同。酒家也经营性交易，但基本上不在店里，而是带出场，或另辟楼层供客人与酒女交合。酒家实质上也是社会上一种交际场所。

这样的酒番，盛行于光复后，至 20 世纪 80 年代而日益衰微。全台北酒番之大本营原在北投、新北投一带，20 世纪 70 年代已因生意渐衰而使用脱衣陪酒一类招式，乃至由服务员骑机车送女郎应召（所谓限时专送），品斯下矣。20 世纪 80 年代中期终于撑不下去，并因引起邻近社区之反感而被迫转型。如今业已改造成一处温泉公园。

酒番衰微，并非社会道德忽然高尚了，而是欢场文化又有了转变。这就是新崛起的卡拉 OK。

卡拉 OK 源于日本，传入台湾迅速普及，成为一般社会娱乐。家庭聚会、朋友偶集、毕业、庆生乃至个人散心，都用得着它。但卡拉 OK 很快出现了小包厢。小包厢里，一样有女郎坐台，一样喝酒，一样伴舞，成了实质的酒家。

这样的酒家，不需再聘请许多乐师，只消购置一批唱片、光盘甚或只是一台点唱机，就可应付客人之需。也不需准备餐点，只供应一些零嘴而已。女郎也不再穿有古意的旗袍，除部分着公司制服外，什么服装都有。但基本上是各自打理，以洋装常服略微暴露者为主，卖弄性感。

卡拉 OK 后来渐渐专指大厅演唱，在小包厢看着电视屏幕唱歌则称为 KTV 酒店。女郎与客人都唱歌本子上提供的中、英、日语流行歌曲，且歌且舞且笑闹。歌毕，客人亦可带女郎出场。因此，这类 KTV 酒店实质类若妓户，歌女仅少数不做外场，故实质上也是妓女。

由艺妲到酒女，再到 KTV 坐台小姐，欢场形态三变，歌女之性质亦三变。在艺妲时期，台北基本是仿效上海。酒女时期，两岸无所交流，且上海于 1951 年起全面禁娼，酒女亦无存在之空间（不像台湾还可以地下化）。故上海并无酒家及酒女这个类型。倒是 20 世纪 80 年代中期以后，两岸交流，台港流行文化逐渐在大陆大众消费娱乐生活中流行起来。KTV 在每个城市如雨后春笋般设立。台湾商人赴大陆投资，小本经营，且为了利于在大陆进行公关交际，也常选择开办娱乐城、KTV 之类。这些 KTV，固然点唱机里不乏粤语歌曲，但整个经营方式却是学自台北的。近年更有不少台湾的业者跨海至上海开连锁店、分店。故这个阶段，歌台舞榭之欢场文化，上海是以台北为典范的。

## 七、研究

上海的妓女问题，近年已有 Gail Hershatter，*Dangerous Pleasures：Prostitution and Modernity in Twentieth-Century Shanghai*（California：University of California Press，1997）皇皇巨著出版。但对 20 世纪 80 年代中晚期以后新型娱乐事业中之性交易现象，目前研究、调查资料却都太少。

此类歌台舞榭，与老上海之舞厅不同。那是衣香鬓影的“高级”交际场合，KTV 则是社会一般大众娱乐，演唱的也都是流行歌曲，青少年参与比例甚高，因此它属于流行大众文化体系。

可是这个流行文化、休闲娱乐体系中间，有个模糊的地带，坐台女郎即坐在这儿。在台北，有小姐（又称公主、美眉、公关……）坐台的 KTV 酒店，通常仍会与休闲娱乐的 KTV 有些区隔，其灯饰、装潢，一望可辨；店名有时也直接称为“酒店”。可是在上海，此类区隔较不明确。有些旅馆附设的 KTV，也有小姐坐台。一些 KTV 中，小姐坐台的小包厢隔壁间，可能正有一场家庭聚会，益发显得这个位置十分模糊暧昧。而这个暧昧的角落，正是研究者尚少关注之领域。

这个领域，本身就显现了时代社会演变的轨迹。本文借艺妲、酒女、KTV 公主等角色、艺能之不同，来说明这样的演变，描述台湾社会发展历程，并说明在这样的历史中，上海和台北的渊源与影响关系。这样的描述与说明，恰好也是过去少有人尝试过的。

但一篇文章，功能应不止此。我以为本文谈的一些事情，尚可以引发若干可以深入的论题：

例如妓女之分级，自古而然。希腊城邦时期，一般妓女称为 porne，指独自卖淫或在妓院中出卖肉体者，收费由城邦规定，收入亦须由城邦课税。可是另有一类妓女，称为 hetaerae，意为“同伴”。这些女子，往往作为当时有社会地位、有影响力之人的情妇，如阿斯帕西娅是伯里克利的情人、泰伊思是亚历山大的情人之类。犹太教社会中，妓女也分两种，一是普通妓女 zonah，一是 kadesha，指宗教或礼拜妓女，在神庙中服侍礼拜者或与其他愿意付费的人进行仪式的性交（参见 Herant. A. Katchadourian《性学观止》*Fundamentals of Human Sexuality*）。

我国娼妓同样也有等级之分。有些号称卖艺不卖身，使得“伎”这个字变成了复义词，分化出“伎”“妓”两义、两字。“倡”“娼”亦然。倡伎，本为技艺人之称。不卖艺而卖身，或卖艺也卖身的女人也以“倡伎”称，似乎表示了妓女内部阶层化的标准，正在于才艺。有才艺者，可卖身也可不卖。即或卖身，其地位也与只出卖肉体者不同。艺妲与上海书寓先生即反映了这个现象。

第二次世界大战以后，艺妲与书寓先生渐渐消亡，妓界渐渐无此流品，此类女子，遂只能见于演艺界。女明星、歌星、模特儿等艺人，事实上就是古之所谓倡伎。此等艺人，有时也是政、商、社会名流的“同伴”。若然，则又是妓了。这类妓女阶层化、阶层化标准以及“倡”与“娼”的关系等问题，显然甚为有趣且值得讨论。

由“娼”与“倡”的关系，可再进而讨论音乐与性的关系。倡伎向以歌舞为主，但音乐与性放纵的议题，远不如研究饮食与性者多。近代研究青少年文化的人，比较注意摇滚乐与性革命、与文化色情化的关联，其他音乐方面，则仍罕见。

中国古代，“伎”或“妓”通常也被称为“歌妓”，此名即表明了歌与性的关联。现实社会中，固然不乏纯做性交易、不会弹唱的妓女，可是不仅书寓先生及艺妲是能唱的，酒女、KTV公关美眉也能唱或需伴唱。歌声、美酒、性，在此联结起来。甚且音乐的催情作用，透过KTV商业体制之运作而得以强化了。音乐与性的关系，岂不甚值得研究吗?

然而，艺妲、校书及KTV公关美眉虽然都唱歌，唱的却是不同的歌。古来歌妓所唱，如宋词，即多文人之作，后来上海与台北的艺妲，唱曲时也多佐以诗词，文学与音乐，在此中扮演着同样重要的角色；而其所唱之曲，则是士绅文人所欣赏的。

酒女唱的歌，便不再与文学有关，是一种风尘、浪荡、漂泊之感，有沦落的哀伤、拼搏的气魄、生命的无奈、男女的乖离。那是社会底层的“酒后的心声”（歌名），而不再是黛玉的葬花。

到了 KTV 酒店，商业资本主义唱片工业、音像录制公司、媒体广告公关企划、歌手形象设计业者共同制作的流行歌曲伴唱带，体现的却是商业产品。这些商品歌曲，与文学、文士词曲、文人士绅阶层，距离甚远。我们在进行社会文化分析时，大家都知道要问的主要问题就是："什么人，在什么地方，唱什么歌"。艺姐、酒女、酒店美眉们唱着不同的歌，正是值得深入探究之处。

可是，这个商业体系到底是什么体系呢？研究资本主义、后现代等的专家，可能会想到"跨国资本主义与文化同质化"的问题。台湾、香港、上海，在目前，确实有一种跨海跨区资本主义体制的味道。上海与台北，几十年历史及社会脉络不同，现今之社会文化状况也不一样，却传唱着一样的流行歌曲、用同一种方式坐在 KTV 中唱，这不正是文化在传媒及商业运作下，趋于"同步化""同质化"的现象吗？对此现象，要申论、要批判，都有若干现成文化理论足供运用。

不过，丹尼尔·贝尔《后工业社会的来临》一书已说过：服务业经济本来就是一个以妇女为中心的经济。故后工业社会，本来就可能因此而是个女性化的社会。在这个社会中，由女性（性）服务业者这个线索去观察台北与上海城市的体貌，本来就是桩合宜的事，也是有趣的事。这样的事，或许也不需有太多理论予以涂饰，聊助谈锋，以愉浮生可也。

# 女人女人，如是如是！

研究中国古代妇女史的人，常妖魔化古代。以《女诫》为依据，或征引卫道人士言说，得出古代女人受压迫，生活局限于闺门之内、礼教之中的印象。

这些印象，深中人心，且颇符社会革命之需、女权运动之用。因此很少人能发现它们只是一批画歪了的脸谱，与古代妇女实际的生活大有距离。古代女人卖茶、卖酒、卖衫布、卖胡粉、开店、打鱼、做医生、做牙侩以及各种实业、游艺、杂役的多得很。明朝《客座赘语》说女人“拟饰娼妓，交结姏媪，出入施施无异男子”，我认为指的其实是常态。

今人对此常态，多有误解。底下稍作说明，而且要以大家认为礼教最森严的宋代为例。

## 一、方法与材料：由妇女生活史谈起

造成误解的原因，首先是未分辨“描述语言”和“规范语言”的不同，错把规范语言当成描述语言，以为卫道人士或世家大族长者的规箴劝诫即是实事，或至少是当时妇女生活的一般准则；以为社会就是依这些规诫在运作着。

规范语言指“应然”，而非“实然”，表达的是一种理想的状况。这种理想，一是必须与现实颇有差距，所以才能成其为理想。

二来也必是屡说无效，社会实况从来不符理想，故才需一提再提，不断强调。不符理想的现实，反而保障了规范语言的必要性和它的道德价值。

三则是男人的训诫与规箴，代表的是男人的希望。但女人什么时候听男人的呢？其与现实差距辽远，岂待问乎？

四、女人若有时也跟着男人的话语说着类似的话，要求女人如何如何，那也必定是自己斟酌利害做出的策略选择。也就是说，在女人的生活世界中，是运用着这些规范语言，而非依循着规范语言去生活的。生活世界的逻辑，另有其实然的性质。

例如世家大族要求其妇女谨守礼法的门风，其妇女也就守礼谨严了。为什么？这不是她们愿意被道德礼法所束缚，乃是因为守礼愈谨、头脸愈不易被人窥见，愈能在婚媾市场上博得高价钱，身价会愈高，聘娶的对象会愈好，“世稀难得之货”嘛！唐代高门第女子的情况，允为典型。

可是，所谓守礼谨严者，实况如何？天晓得。分香纳履、待月西厢，在传奇故事、笔记小说中，这类故事可多着哪。

但实迹虽然如此之多，表面上却仍要维持着一个礼法门风的形象，嫁娶双方才会满意。嫁者得了实利，娶者满足了虚荣。

这实利与虚荣，就是生活社会实然的逻辑。满足了这些，是运用了规范的语言而得，故而在心理上也获得了符合正义、满足了伦理规范的道德感，故大家心照不宣、乐此不疲。

但是，这样的游戏，不是人人有资格玩的。世家大族可如此表演着礼法门风（请注意礼法门风的表演性质），一般庶民却无力如此。家中贫窘，仅靠丈夫一个人工作，岂足以养家活口？凡是女人，多不免要出来工作，谁又能在家大门不出二门不迈？出来卖茶、卖酒、卖衫布、卖胡粉，又怎能男女授受不亲，头脸不轻易让人得见？

过去做妇女史的朋友，利用那些女诫及道德规箴时，忘了做阶级分析，没追问那些材料都是些什么样的人说的话。所以才会把特殊阶层或群体为巩固其利益而发的言说，视为整个社会共许共遵的伦理原则。

要改善这种情况，除了在研究方法上要再仔细斟酌外，材料也应改采较足以反映其社会生活的文献。例如收录诉讼判词和官府公文的《名公书判清明集》就比《温公家礼》《袁氏世范》一类书更能显示宋代妇女生活状况。

《名公书判清明集》明刊本卷七《立继有据不为户绝》，载吴琛有四女一子，四女为亲生，一子是收养的义子。吴琛死后，女儿告官，说义子不应继承财产，所以诸女要按“户绝法”分财产。官府则认为收养时孩子在三岁以下视同亲子。且女儿未嫁可得嫁资，已嫁便不能分财产。

可见宋代与现代一样也争遗产。但女儿基本上以置嫁妆的方式早已事先分得了，儿子却要待亲亡后才可以继承遗产方式得财。何况妻子的嫁妆，在婚后，所有权仍归她所有，夫家不能使用呢！

由此可知，妇女在保障或争取财产权方面的活动，与现代社会相同或相近，绝不像一些人所以为的：女人毫无财产权，甚至连她自己都只是男人（丈夫、儿子）的财产，任人支配，毫无保障，也无“法”去争取。

同理，一些道德话语，例如“男女授受不亲”之类，在实际运作中，反而可以形成对妇女的保卫网。

《名公书判清明集》卷十四《卖卦人打刀镊妇》的判词就可以证明这一点。刀镊妇，是替人挽面的职业妇女，被一个算命的在酒醉后打了，官府认为，“男女授受不亲，正欲其别嫌也。男不许共女争，亦惧其以强凌弱也”，算命的找妇女挽面，已属不当（因为他大可以找男的），该妇不肯，“又从而辱骂之，其情理可谓强暴”，所以判他有罪。

在这里，女性以其性别差异及体能生理上先天的弱势，在法律上反而占据优势；儒家“男女授受不亲”之说，则在道德上给予法律一种道德解释。故所谓“男女授受不亲”，在实际社会生活中，究竟是种禁制束缚，还是对女性的优遇与保障，应在动态的关系中看。

另外，一些男女不平等的规定，也反而对女人较好。例如宋律规定犯罪者缘坐时，女并得免（见《宋刑统》卷六“杂条”）。户籍脱漏者，家长徒三年；户内无课役者减二等；若户内无男子，以女人为户，又减三等，只杖一百（见《唐律疏议》卷十二“脱漏户口增减年状”条）。收养子时，养杂户男为子孙时，徒一年半；可是若收女养，只杖一百（见《唐律疏议》卷十二“养子”条）。婚嫁时，若女方违约妄冒，徒一年；男方如妄冒，罪加一等（见《唐律疏议》卷十三“婚嫁妄冒”条）。女子论罪，都比男的轻。

至于离婚，双方可协议离婚。但女方若随便离去，徒二年；男方随便休妻，徒一年半。什么叫不能随便休妻？休妻有要件，即所谓“七出之条”。但纵犯七出，若曾持舅姑之丧、娶时贫贱后来贵了或离婚后女方无娘家可归，也都不可休。这叫作“三不去”。如果休了，要杖一百，且勒令复合。凡此，则可见男女并不完全平等，但法律上对女性也并不特别歧视或压抑。诸如此类。

要重建古代妇女生活史，显然就应由社会生活而非理念世界去理解古人。底下，我还准备用法律文书之外的另一种材料，那就是笔记小说，来介绍宋代妇女。兹以洪迈《夷坚志》为例。

## 二、鬼狐仙怪之外：自媒自献的妇女

《夷坚志》卷一第一篇《张相公夫人》就是讲一个世家大族内眷偷情的故事。说京兆人钱嘉贞迷路，逢一大官宅第，乃河中府尹张相公居所。相公薨，唯夫人在。留宴留宿之外，夫人竟来荐枕席。令他欢忭不已，如游仙都。“一夕正欢饮间，闻户外传呼呵导之声，云相公且至。夫人遽起，诸妾皆奔忙而散。钱窜伏暗室，怖不敢喘”，睡去，醒来时才发现身在棘丛古冢间。

我在前文说过，礼教云云，从来不是古代社会的实况；高门巨族之所谓礼法门风，其中多有不可闻问者，此即其一也。这是典型的“一夜情”。前则借口相公已卒，夫人孀居，以便恣意偷情；后则借口相公归来，把小白脸迷昏了，弃诸郊外，让他以为遇了鬼。

卷三《西湖女子》则说某官人游西湖，见一女，慕之。女亦与相绸缪。但去她家提亲却遭她父母拒绝了，只得怏怏返乡。五年后再赴西湖，于途中又碰到该女。该女自称已嫁人，丈夫作库务事，暂系府狱，因出外求援，所以遇到。与其人同至其旅店，遂相狎。留了半年，其人想带她一齐返乡，她才“敛衽颦蹙”说当年分手后即已相思而死，现在已不是人；只因与该生有宿缘未尽，故来相从，现要分开了。并说该生与她相处时间久，阴气入体已深，此后当吃平胃散以补安精血。天亮后，恸哭而别。

这也是诓傻子的话。该女子或许真嫁了人，但夫暂系府狱外出求援云云，必为谎言。或许她是逃了婚或是逃了家，或者成了逃妾，恰好碰上了老情人，赖上他，缱绻了半年。一旦他想带她回家，她就要再托词遁走了。阴气入体、宜服平胃散，只是编出来的鬼话。平胃散能驱什么阴气呢？

卷二十七《暨彦颖女子》是个类似的故事。谓暨彦颖入一邸店，一女推户欲入，自称南邻京氏处女。暨留与共宿，并随归里。经岁余而忽自谓为鬼，请别去。

卷六《茶仆崔三》不再说鬼而讲怪。黄州市民李十六开茶肆，其仆名崔三。夜中有人来叩门，崔三开门看，乃一少女，云左侧孙家新妇也，因取怒阿姑，被逐出，中夜无所归，乞留宿。崔好心收留了。夜中妇挑崔，遂共宿。鸡鸣而去。后常来，且常拿出官券来资助崔。崔三之兄崔二知其事，虑为鬼魅，布卷网待之。三更后，戛然有声，果然逮到一只斑狸，烹之。但半夜女子仍然来了，且大骂崔三，说幸好只杀了她的婢女。崔谢罪，女子也原谅了他，和好如初。

这是暗示该女为狸。而其实乃女子设局，弄一只死斑狸来让崔三相信她有异禀。她之前托词云为左侧孙家新妇，当然也是假的。淫奔之女，时窃家中物以资助情郎罢了。

像这样的故事太多了。均无确证女子为鬼为狸，只是女子自称或陡遭艳遇的男子心中蓄疑，故以鬼以狸为其解释。如卷十六《小陈留旅舍女》说黄寅进京赴考，抵小陈留旅舍，夜中有女叩户，说住在附近，少好文笔，颇知书，闻君读书声，欢喜来就。“微言挑谑，略不羞避”，遂共寝，鸡鸣而去。来往半个月，黄寅友人来，拉他入都，女子才来告别，携手而泣。黄寅送了她五两银子。后黄寅走到二十里外柳林，“见一庙神坐傍侍女”，很像所遇到的女子，“详观之，其色赧赧然若负愧之状”。这不是黄寅对自己飞来艳福的心理解释吗？既疑其来，复恋其去，见侍女而认定自己遇上的应该就是她。这种心理，其实老早即被这些女子洞悉了，所以装神弄鬼，让那些男人昏头转向，以为真遇着了神仙、鬼魅、花妖或是狐狸等精怪。

综括这些故事来看，偷情或淫奔者，包括了处女、逃妾、寡妇等各色女子。有不少托称出身高门第，如张相公夫人。也有些虽不如此自称，但由其行为，例如可以赡给男人，或拿钱物给情人，亦可知其出身是较高的。她们找的对象，往往是比自己低一点的，如茶仆，要不就是士子、书生。

书呆子好骗，与读书人交往也较无后遗症，这些女人以他们为对象，很容易理解。地位低一点的男人，逢着这般艳遇，自以为他们碰着了高门第的女子甚或仙姑，更符合男人在两性交往时喜欢自认占便宜的心理。女人也善于运用这种心理，在男人既疑且喜之际，说神说鬼说妖说怪。

而她们既是淫奔、既是偷情，当然不欲人知，假托神怪，正是个好方法，更可合理化淫奔偷情的情境。在男人认起真来以后，假托神怪，还能让她们保留一条退路，使她们可以借此别去。

当然，要不要走，仍要看她们自己。西湖女子、小陈留旅舍女都趁机走了；茶仆崔三的女人则留了下来。而不论来或走，这些故事无一例外，女人都握着主动权，男人只是被摆布被利用的，女人利用他们来满足欲望或生小孩而已。

这不是宋代特殊的景况，大家只要想想六朝的遇仙故事、唐人传奇《游仙窟》《会真记》，就可明白这是一个普遍的现象，绵延若干朝代。早期多说女仙，后渐说鬼，继而说狐为盛，直到《聊斋》以后。

传奇或笔记小说，具有史笔的性质；其记载，有时也接近现今社会的八卦社会新闻，故亦可用为史料。就算不由历史的角度看，纵或小说具有虚构、想象的成分，这些遇仙遇鬼遇狐故事，也在它高度类型化之际，显示了它折射社会真相的意义，类聚了共同的主题。

这些主题或征象，都告诉了我们：只用男尊女卑、女子是男性及其家族之生育工具、夫为妻纲等几个观念，或“家中燕享，男女不得互相劝酬，庶几有别”，“无故不出中门，夜行以烛，无烛则止”“女子年及八岁者，不许随母到外家，余虽至亲之家，亦不许往”（《郑氏规范》）一类女诫家范资料来看宋代妇女生活，是拿错了地图。宋代一向被认为是礼教对妇女压迫增强的时代，可是由这些故事中女性情欲自主的状况，她们受了什么礼教的压迫？

## 三、家事劳动之外：社会场域的妇女

《夷坚志》又载妇女营生事甚多。卷五十《吴六竞渡》云，“初永年监兵方五死，孀妻独居，营私酿酒。每用中夜雇鱼艇运致，传入街市酒店，隔数日始取其直”，看来生意做得不小，所以也雇了人帮忙。

卷四十六《薛湘潭》说薛某出外访案，在路边一小店，“一老媪在焉。入坐，将买酒，媪曰：‘此间村酒二十四钱一升耳，我家却无。’薛取百钱，倩买二升。媪利其所赢，挈瓶去。少顷，得酒来，与媪共饮。媪喜甚，献熟牛肉一盘。酒斟”。遂谈及一桩凶杀案，说“某家小娘子，与东家第三个儿郎奸通，后来却被杀了”。这妇人也是开酒店的，只是店小，不似前者做卖酒大盘商。

卷四十三《罗山道人》也是妇人开小店的。罗山县“有沈媪者，启杂店于市，然亦甚微”，有道人来求食，媪说：“别无好蔬菜伴饭，少俟碾面可乎？”遂进面。道人感荷，送了她一个造酒方。后乃以善酒闻名。

除卖酒、开店外，还有一些别的营生，如乳娘、接生婆、医生等。为医者，如《屈老娘》云，“武陵城东宋氏妇女，产蓐所用乳医，曰屈老娘。年已八十余，尝以满月洗儿”。《张小娘子》记，“秀州外科张生，本郡中虞候，其妻遇神人，自称皮场大王，授以《痈疽异方》一册，且诲以手法大概，遂用医著名，俗呼为张小娘子。又转以教厥夫”。

卷二十七《宗立本小儿》则说宗氏世世为行商，绍兴间“与妻贩缣帛抵潍州”。又《支友璋鬼狂》云涟水支氏，营客邸于沙家堰侧，“夫妇自主之。遇商贾持货物来，则使其子友璋作牙侩”。《王彦谟妻》亦载王氏“携妻子处僧堂后，以典质取息自给”，这些都是夫妻两人共同营生的。

卷六《翟八姐》则载另一特殊行当，“江、淮、闽、楚间商贾，涉历远道，经月日久者，多挟妇人俱行，供炊爨薪水之役，夜则共榻而寝，如妾然，谓之婶子，大抵皆猥娼也”。其中，被记录的这个翟八姐，“身手雄健，膂力过人，其在涂，荷担推车，赭肩茧足，弗以为劳，壮男子所不若也。性又黠利，善营逐什一，买贱贸贵，王获息愈益富。锱铢收拾，私所蓄藏，亦过千缗”，是名能干且精明的女性。

以上这些开店、做生意的，或夫死，不得不独自营生，如方五之妻，或《鄂渚王媪》云，“鄂渚王氏，三世以卖饭为业。王翁死，媪独居，不改其故”。也有些是夫妻一同营业做买卖的，或自己去做乳娘、产医等。类别差异甚大，但叙述者描述这些事况时，是把它当成普遍寻常之事业来讲说的，夫妇共同营生时，也不把妻妇放在依附男子的地位。可见此类事况，殊属平常，乃当时社会之一般状态。女人并不是仅在家中纺绩、做女红、主中馈而已。

《翟八姐》故事较为特殊，其事殆为当时游娼之一种。女子为娼，乃古老行业，《夷坚志》所载甚多，但不必录，因为不用说大家也知道女人会有这种行业。可是宋代之所谓娼妓，有许多类别、许多等级。有时“娼妓”只是“倡伎”，指在社会上奔走，以技艺讨生活者，吞刀吐火、跳绳击丸、唱曲说书，靡不有之。我们现代社会中从事演艺业、服务业的许多女子，在宋代就都被称为“倡伎”。

《夷坚志》中《双港富民子》，“俄有推户者，状如倡女，服饰华丽，而遍体沾湿。携一复来曰，‘我乃路岐散乐子弟也’”，“女童皆踏索踢弄小倡，先系索于屋角兽头上，践之以行”，讲的都是这种倡伎。甚至从事饮食业者也称为“伎”。百岁寓翁《枫窗小牍》上：

> 旧京工伎，固多奇妙，即烹煮槃案，亦复擅名，如王楼梅花包子、曹婆肉饼、薛家羊饭、梅家鹅鸭……，皆声称于时。若南迁湖上，鱼羹宋五嫂、羊肉李七儿……之类，皆当行不数者。宋五嫂，余家苍头嫂也……

曹婆、宋五嫂都是工伎著名者。其他娱乐业，瓦舍伎艺人则如《东京梦华录》卷五所载：

> 在京瓦肆伎艺：张廷叟、孟子书主张。小唱：李师师……。嘌唱弟子：张七七、王京奴、左小四、安娘……；教坊减罢并温习：张翠盖……俏枝儿……称心等般杂剧；……小儿相扑、杂剧、掉刀、

蛮牌；董十五……朱婆儿……俎六姐，影戏；……文八娘，叫果子……

上述诸倡伎中，自有等级。《东京梦华录》卷二《饮食果子》说，“街坊妇人，腰系青花布手巾，绾危髻，为酒客换汤斟酒，俗谓之‘焌糟’。……又有向前换汤斟酒歌唱，或献果子香药之类，客散得钱，谓之‘厮波’。又有下等妓女，不呼自来，筵前歌唱，临时以些小钱物赠之而去，谓之‘札客’，亦谓之‘打酒坐’”。

有正当技艺者，地位较高；仅服劳役，可有可无，或提供小娱乐者，地位较低。翟八姐之所以为末娼，就是因为她从事的是炊爨薪水之劳役，夜来还要提供性服务。

除此之外，“府宅官员，豪富人家，欲买宠妾、歌童、舞女、厨娘、针线供过、粗细婢妮”（《梦粱录·顾觅人力》）者亦甚多。

在这方面，我要提醒大家：

一、早期全汉升已有《宋代女子职业与生计》一文，从实业、游艺、杂役、妓女四个方面讨论过宋代妇女职业问题，本文此处仅以《夷坚志》为范围，做了些补充，当然仍不够全面。但宋代社会上女人从事的工作，现在也还多是这些，古今并无想象中差异之大。

二、现代社会中越是下层家庭，女子越多从事此类工作。因此，社会压迫与不公之原因，可能不在性别压迫，而更在阶级剥削。《东坡志林》载，“近闻黄州小民，贫者生子多不举，初生便于水盆中浸杀之，江南尤甚，闻之不忍”，即指此类事，贫者不只溺女，也溺男。其子女长大后能干什么工作，也可想而知。

三、公不公义，也非绝对之关系或性质。廖莹中《江行杂录》有云，“京都中下之户，不重生男，每生女，则爱护如捧璧擎珠。甫长成，则随其资质，教以艺业，用备士大夫采拾娱侍，名目不一，有所谓身边人、本事人、供过人、针线人、堂前人、杂剧人、拆洗人、琴童、棋童、厨娘，等级截乎不紊”。中下人户，不重生男重生女，当然是因为女性在阶级剥削的情境中，看起来惨，实际上好。对家庭好，因为出路广、价钱高；对她自己好，因为可借此达成阶层流动，改变其原属社会经济地位。穷人家男孩当然也卖，但卖去只能做佣仆厮隶，终是劳工，价钱也不会高。

因此，妇女遭买卖这件事，既是社会的不公义，同时也显示着对低下阶层男性的双重压迫，需要做较细致的深入分析。

## 四、情欲幽闭之外：自主交际的男女

在男女关系方面，《夷坚志》中《游节妇》，“建昌南城近郭南原村民宁六，素蠢朴，一意农圃。其弟妇游氏，在侪辈中稍腴泽，悍戾淫泆，与并舍少年奸。宁每侧目唾骂，无如之何”。

《高周二妇》中，“南城邓札生子，雇田佣周仆妻高氏为乳母。时其夫已亡，高与恶少年通奸，至于孕育”。

《哮张二》中，“鄂州大吏丁某死，妻年方三十，与屠者朱四通，其子二郎尚少，不能制。至于成立，朱略无忌惮，白昼宣淫”。

《王武功妻》中，“京师人王武功，居靰拗巷。妻有美色。募缘僧过门，见而悦之，阴设挑致之策”，后来终被此僧设局弄到了手。《西湖庵尼》则说临安某士人妻，为少年所慕，少年请一尼帮忙。“尼持钱犒轿仆，遣归。设酒连饮两婢，妇人亦醉，引憩曲室就枕。移时始醒，则一男子卧于旁”。这是尼姑替人拉皮条，以成就奸情。

《临安吏高生》中，“朱思彦则，淳熙初知临安县，因钩校官物，得押录高生盗侵之过。其妻尤贪冒，每揽乡民纳官钱，诈给印录而私其直”。

《郑二杀子》中，“武陵民张二，嫁女，招邻里会饮，郑二夫妇预焉。郑妻素与王和尚者通，人多知之。酒酣醉，偶堕箸于地。张妻戏曰：‘定有好事。’郑妻笑问故，曰：‘别无好事，只是个光头子。’一座哗然”，结果两家提刀杀成一团。

《衡山民》中，衡山民以社日祀神，饮酒跌死，魂回到家中，只见“妻在床绩麻，二子戏于前，妻时时咄骂其夫暮夜不还舍”。《苦竹郎君》则载善化县苦竹村祀苦竹郎君神，里中余生妻唐氏去其庙中，“唐氏素淫冶，见土偶素衣美容，悦慕之，瞻视不能已。众已出，犹恋恋迟留”。后来神遂来找她媟欢。

《王上舍》说王氏与友人去观灯，见一美姬。两人看对了眼，逐渐走入小巷，“王托如厕，抽身相蹑，情思飞扬”，姬也有意，约以他日。王曰：‘吾方寸已乱，何暇迁延？’携手将与绸缪。四顾巷陌，灯烛车马，略无可驻之地。念市桥下甃石处差可偷期，乃野合而别”。

以上这些记载，表现了一幅什么样的景观？男女防嫌守礼、授受不亲？妇女不预外事？妇人专以柔顺为德，奉夫纲若帝命？女性在性关系中处于被动、委屈或受虐的地位？男性一贯表现其攻击性与支配性，占有女性？

都不是！这些，显示宋代男女社交基本上是公开、自由且频繁的。《东京梦华录》诸书所载妇女逛街、游夜市、跟男人杂在一块儿聚赌、结社等就甚多。女性，并不是想象中的被幽闭。她们会出到家门外活动、消费；她们有许多也从事工伎职业，或自家之中有生意，要与人交际往来、做买卖，情况与现今妇女无大差异。

女人既跟男人交往，也自己结伴去玩。妇女结社，现在发现较早的资料是北朝东魏武定三年（545 年）的。敦煌遗书还有两件唐五代的“女人社”社约文书。宋、元、明、清女人结社，则广及宗教、技艺、经济、游戏等各方面。

把她们想象成被幽闭的性别，一部分出于男性对女性情欲发舒的畏惧，故提出其理想，想象或希望女性可被幽闭。一部分源于西方对中国社会的误解，把所谓“东方专制社会”的想象，用在男女关系的理解上。被幽闭的女性，委屈、柔顺地处在家庭（且是父权制专制家庭）中，即如臣民委屈柔顺地生活在专制帝王权威之下。

还有一部分，则是现代人对于跟“现代”有革命性断裂的“古代社会”的想象。

这，一称为异性的想象，以为异性是什么什么。就如女人常误以为男人如何如何那样。

二称为异邦人的想象。我们常把远方异邦人想象为神仙、救星、启蒙者，或头生角、性淫乱，仿佛跟我们不同的妖怪，把远方异域想象成香格里拉或地狱。

三称为革命的想象。革命者必须把被革命的对象妖魔化，革命才有正当性。现代女权运动革命的真正对象，固然是当时的女性压迫者，但作为现代化整体革命运动的一环，古代的女性便成为现代女性解放的反面材料，被塑造成幽闭于父权宰制之家庭中的形象。

可是想象的编织并不难核验。《衡山民》载那村民跌死回家，在窗下看见老婆在做事、小孩在玩，老婆嘴里还絮絮叨叨责骂老公：不知又死到哪里去了，这么晚还不回来！这不是现在男人回家站在门外或窗口也都会看到的景象吗？什么父权制、性压迫，这些概念，在碰到这类具体状况时有什么解析力？

《临安吏高生》云高生盗侵。可是他盗侵的源头，恐怕更在于他老婆“尤贪冒，每揽乡民纳官钱，诈给印录而私其直”。这不也是许多结了婚的男人贪婪犯罪的原因吗？家庭中的权力关系，固然不能说是女性占了主导地位，男人就只是贴耳听命而已。但结过婚的人都知道：夫妻相处，也绝对不是先生发号施令，妻子则一切柔顺听从、臣服于下的。

在夫妻相处的动态权力关系中，有的先生强势，有的妻子强势，如俗语所谓，“不是东风压倒西风，就是西风压倒东风”。《游节妇》说宁六之妻“悍戾”，跟人通奸，“宁六每侧目唾骂，但无如之何”。就是雌风盛于雄风之例。《郑二杀子》又说郑二老婆“素与王和尚者通，人多知之”。人多知之，她老公焉能不知？既知而隐忍之，其妻之势必有以压之。被人当众讥嘲老婆偷了和尚，觉得不堪后，也不是回头来责备妻子，而是怪别人为什么要讲这种丑话，提了刀去打架、杀人。这种行为，更能让我们体会其夫妻的实质权力关系。

在权力关系中不受压抑的一方，才较能自主地表达其情欲，《上饶徐氏女》《游节妇》《哮张二》《余干民妻》中所说的那些妇人“淫泆”“性颇淫冶”“性淫荡”，都表现了这一点。

淫，是“过多或过甚”的意思。若不过分，男女都有情欲，就更没什么可说的。男追求女，女挑逗男，今以为常态，古亦不会有啥不同，否则中国人不会繁衍到现在十几亿。但志怪之书对非常态的淫泆现象当然更感兴趣。像男人在路上看见美女，尾随搭讪，乃是常态。女子有意，约期再见，也是常见之事。但双方猴急到立刻要找地方解决，就不寻常了。一时没找到宾馆，两人竟拉着到桥下甃石处野合。这便可称为淫。情欲之发，过分了些。

## 五、宋代社会的顺欲与禁欲

近人有个常见的观念，认为宋代理学兴盛，所以禁欲，对妇女也严酷了起来。

可是这类想象实在可笑，宋代哪是如此？《武林旧事》卷六曾载宋代杭州“浩穰之区，人物盛伙，游手奸黠，实繁有徒。有所谓美人局、柜坊赌局、水功德局，不一而足”。美人局者，利用女子设局诈欺之谓也。包括仙人跳、找妓女诈为人家姬妾、诈为神鬼狐怪之类，《癸辛杂识》载一事，亦属美人局：

> 闽中有所谓过癞者，盖女子多有此疾，凡觉面色如桃花，即此证之发见也。或男子不知，而误与合，即男染其疾而女瘥。土人既皆知其说，则多方诡作，以误往来之客。杭人有稽供申者，因往莆田，道中遇女子独行，颇有姿色，问所自来，乃言为父母所逐，无所归，

因同至邸中。至夜，甫与交际，而其家声言捕奸，遂急窜而免。及归，遂苦此疾，至于坠身、塔鼻、断手足而殂。癞即大风疾也。

由疾病的角度看，这是转移巫术的应用。女方家族共谋设计男人做替死鬼。由神话分析看，则女子生的是什么病呢？疾病的寓意，只是指女人有了性需求，面泛桃花，想找男人，故托词以遂其意罢了。

但不论如何，设局行骗者不光杭州，各地都有，千奇百怪。据《随隐漫录》云，“钱塘游手数万，以骗局为业”，则光是杭州就有这么多人以此为业，各地各类美人局之多，可想而知。

我们现在并不是要谈设局行诈的问题，而是想借此类资料来辅助说明本文第二节所录那些《夷坚志》中女子假托精怪鬼神，或自云为孀妇、处女的故事是怎么一回事。建议大家想想：这些故事之所以可以发生，那些骗局之所以能进行，需要什么社会条件？一个男女授受不亲、女子受礼教束缚着的社会，能发生这些事吗？

试想：这些故事，多半是见到女人（男人）独行，男人（女人）即上前挑逗，或即邀共宿乃至野合。或入一人家，见人家男主人不在，便与女主人苟合。或女子径去找单身男子敲门叩户。或一女来访，随即留宿与合。这样“随便”的男女关系及其社会，不正是故事之所以能发生的基础吗？

把这种情况跟现在比一比，例如你现在敢不敢在路上一看见美女即上前挑逗且立刻邀去性交，就知道宋代男女交往情境绝非想象中那么僵化保守、窒扼女性。

宋代还有一些地方风俗，让男女交往及性需求得到满足，例如《癸辛杂识》载：

> 南丹州男女之未婚嫁者，于每岁七月，聚于州主之厅，铺大毯于地。女衣青花大袖，用青绢盖头，手执小青盖。男子拥髻，皂衣皂帽。各分朋而立。既而，左右队长，各以男女一人推仆于毯。男女相抱持，以口相呵，谓之“听气”。合者即为正偶。或不合，则别择一人配之。

这是典型的“送作堆”，乃该地之正式婚制。女人用头盖遮住头脸，是避免男方以貌取人，要全凭拥抱亲吻以定合否。想结婚，而又无交往能力或机会者，以此法令其有配，娶不以目，而听之以气，未尝不是个好办法。

正因整个社会鼓励且积极促进男女匹配，为男女交往提供空间，所以某些大家族高官门宦或理学家，才会在男女防嫌方面着意，刻意矫厉以为高，让人在道德上产生“难能可贵”的崇高感，增进其妇女的身价地位。强调贞节，亦属其中之一端。提倡者亦有借此矫厉风俗之意。

那时，整个社会，女人上学、参政、从事公共事务之权利及机会，还比不上男性，是毋庸置疑的。但只从“性压抑、男女防嫌、授受不亲”“女性缺乏社会生活，只活在家庭及家事劳动中”“受礼教束缚、片面贞操观宰制”等角度去看宋代妇女生活，显然也是大错特错。

# 祝你路途愉快

周朝时，以贵族城邑为中心，构成的城邦农庄生产体制，出现了可以“游于乡校，以论执政”的国人游士阶层，也出现了以城市为主体的社会，商旅百工聚集于其中。城市人具有文明的形象，市集、祭祀、燕会、游戏所构成的生活方式，更使社会上出现了“游”的精神。

但贵族城邦在春秋时期便崩溃了。秦汉以后，政府都用一套“编户齐民”的制度进行社会管理及控制，居者与游者之间，乃形成了良民和坏蛋的对比关系。

“编户齐民”的核心是户籍制度。编入户籍，政府可以纳籍管理、收税、征调的叫居民。不受户籍约束，四处流动的是黑人、黑户、游民。

居民与游民的对比关系，可以演绎如下：“正常与异常”“定居与流动”“田宅与江湖”“主体与边缘”“良民与贱民”“敦厚与轻浮”“勤劳与游惰”“秩序与放逸”“自食其力与寄食四方”“安土重迁与见异思迁”“安居乐业与不务正业”“落地生根与流落江湖”“聚与散”“定与游”“农人与不治农者”“土著与侨客”“木与水”“有产与无产”“本与末”“主与客”等。

过去学界研究中国人的思想与意识状态，多只谈到“统治者与被统治者”的朝野对比，或在野者入朝所涉及的“仕与隐”等问题，很少注意到：居民与游民的区分，竟在我们的意识中形成了这种对比架构，影响到我们的用语、思维方式及价值判断。

这些价值判断，因受王权及其具体编户齐民制度之影响，往往也会不自觉地倾向于定居务农的一方。所以看起来周朝那样的社会及“游”的精神，也随之崩溃了。

不，它是扩大了。因社会实况不可能完全照“编户齐民”的理想走，在人的意识中又会自动予以平衡、调整。例如安田居宅，在一般情况下，大家同意它是一种可追求的生活方式；然若形容某人只知“求田问舍”，大家又会认为这是讥讽此人平庸无大志，仿佛必须去闯荡江湖一番，才能显示人生尚有豪情。因为与田宅安居相关联的观念，即是静态、稳定、厚重，是人被纳入秩序中的。人在其中能获得安全感，却不能由此获得创造、新奇、放逸、不正经等感受，难免为之怏怏。所以，居者与游者间的评价，绝不如主政者的观点那样单一，而是动态平衡的。

周朝的国人阶层虽具有“游”的性质，然而封建城邦之本质原本即在于身份差别制，故人民系定着在身份上的，这种定着虽非土地定着，其定着性却对人构成了难以跨越的限制，所以还不能真正地“游”。春秋战国的“贵族凌夷”，则打破了这种身份差别等级制，天下人的身份乃由不齐而齐，平等了。

不仅身份平等，人民流动也日益增加，《管子·问》：“问国之弃人，何族之子弟也？问乡之良家，其所牧养者几何人矣？”贵族流为平民，是阶层间的流动；流入他乡，则是空间的流动。

这两种都很剧烈。《左传·昭公三年》载叔向云：“民闻公命，如逃寇仇。”又《左传·经二十有九年》，杜注：“民逃其上曰溃。”徐彦《春秋公羊传疏》也说：“扰乱其民，令之不安，由兹溃散。”封建城邦时代农民与土地的关系本就不很牢固，春秋时期各邦国君主贵族“迁人”或“出民”皆视为寻常；当时更有一种易田之法，即三年换土耕种一次，称为“爰土易居”。人本就不完全定居于土地上，遭逢春秋末期战乱频繁，流亡离散者当然更多了。

人民流散或归附，乃因此而成为政治良窳的指标之一。孔子曰：“近者悦，远者来。”“远人不服，则修文德以来之。”只要政治清明，其他地方的人民自然会来归附，便成了新时代的重要信念。孟子说许行自楚到滕，向文公表示愿为其氓；又劝各国王者行仁政，认为若真能行仁政，民之归往，便将如水之就下，都是站在这个基础上发言。各国对于争取人民来归，也各有鼓励之措施，连《商君书》也有《徕民》篇曰："诸侯之士来归义者，今使复之三世，无知军事；秦四竟之内，陵阪丘隰，不起十年征，者（著）于律也。"新来归附者免服三世劳役，十年不征收租税，待遇实在够优厚了。

人民不但朝向政治上有文德之处流动，也朝有文德的人物处流动。

《庄子·德充符》："常季问于仲尼曰：'王骀，兀者也，从之游者，与夫子中分鲁……'仲尼曰：'……奚假鲁国！丘将引天下而与从之。'"有文德者便能聚民，似乎是当时普遍的观念，战国诸子之所以能有一大批从游弟子，即拜此观念之赐。

但有德者聚合着一大批弟子，并不只固定在某国某地坐而论道，他们往往带着这一批人去归附有德的诸侯。这整个文德追求集团，其实即是一流民团，流到号称有德之君处，停下来观察一番；失望了，再走。有时半路绝粮，流民游士集团便成为游丐。

努力一直走下去，所见国君多矣，然后发现道不能行，诸君皆非真有德而能王天下者，只好继续流浪，或"乘桴浮于海"，或"游于方之外"。不是在空间上遁于遐方，逃世离群；就是从精神上再去寻找一个能够遨游的空间。

此即游士之时代。大游特游，冀望由此得君行道，并实现自己内在的文德追求。那种效忠于一隅、一方、一国的想法，早已被弃若敝屣。

孔子说得很明白：“士而怀居，不足以为士矣。”《庄子·逍遥游》更以大鹏和蓬蒿间的小鸟相对比，讥讽：“夫知效一官，行比一乡，德合一君，而征一国者，其自视也，亦若此（指小鸟）矣。”

这真是与后世“土著户”的态度太不相同了。人人不安土重迁，连孔子都曾想搬到九夷去住，甚或移游海外哩！

当时也并非无土著定居者，居者也并不见得不敌视、排斥游者。但从总体来看，“游”之事实与精神并非居者之势力所能压抑。秦之贵族排斥游士，李斯写一篇《谏逐客书》正面与之交锋，便大获全胜。安土重迁之说，谁还说得出口。

同时此游士时代所显示的那种热烈之文德追求态度，也令人惊异。一般人民，抛弃原有的居处，跋涉异地，寻求有德之君以便依附，商鞅称为“归义”，其为文德之追求，殆无疑义。用唐朝张玄素的话来说，就是“思归有道”。士人，如荀子那样，“年五十始来游学于齐”，四处游学求道，亦为求道之旅；若游而从师，所谓“从师学道鱼千里”，从游于一位有德君子身边，夫子步亦步、夫子趋亦趋，甚且从之绝粮、助之守城，也是道义的追求。

这即是“游”的精神之另一面向，新的开展：远游以求道，乃是意义的追寻。如楚辞《远游》之不同于《诗经》，就在于它除了“驾言出游，以写我忧”之外，还表现了追寻的这一面。

因为《远游》从“悲时俗之迫阨”开始，展开远游。但立刻便转入“惟天地之无穷兮，哀人生之长勤。往者余弗及兮，来者吾不闻。步徙倚而遥思兮，怊惝怳而乖怀。”因此，因现实世界一时的困顿与挫折而带来的悲情，迅速转换提升到人生意义的探索之层次，由“忧世”转为“忧生”。这是对人类生命本质的忧惧，哀恐生命飘忽，遽逝于天地之间；或“神倏忽而不反兮，形枯槁而独留”，丧失了生命的意义，徒存躯壳的活动。

为了消解这种生命的忧惧，作者向往传说中的一些成仙者，能真正“与化去而不见兮”，“离人群而遁逸”，“终不反其故都”，“世莫知其所如”，所以他也“恐天时之代序兮，耀灵晔而西征”，学周穆王去西游了。

可是此次西征并非往见西王母，不是空间上的旅行游历，而是求道之旅。

他见到王子乔，要“审一气之和德”。王子乔教他：“道可受兮，不可传。其小无内兮，其大无垠。无滑而魂兮，彼将自然。壹气孔神兮，于中夜存。虚以待之兮，无为之先。庶类以成兮，此德之门。”他得了道，于是精神飞行周游于超越境界。在天庭不死之乡遨游，风伯为其前驱，雨师雷公为其侍卫，众神并驾，乘着龙飞来飞去，十分快乐，所谓“欲度世以忘归”，“内欣欣而自美兮，聊媮娱以自乐”。

这时下视尘寰，发现“旧乡”的“旧故”很想念“我”，“我”也很想念他们，但“我”的路既已与之不同，只好继续“泛容与而遐举兮”，往南疑，览方外，从颛顼，历玄冥。整个生命至此完全超越了尘俗，逍遥徜徉于得道之境地：“下峥嵘而无地兮，上寥廓而无天。视倏忽而无见兮，听惝恍而无闻。超无为以至清兮，与泰初而为邻。”

远游，具有净化心灵，洗涤灵魂的作用。而远游本身，则为求道之旅。整篇《远游》具体说明了求道的原因、经过以及得道之后，灵魂如何得大解放、大自在、大超脱，“聊仿佯而逍遥兮”的状况，是了解当时人“游”之精神的重要文献。

不幸汉以后的注家，拘泥于屈原忠君之说，硬把它往屈原遭放逐后怀乡、发牢骚方面去扯。实在讲不通了，近人廖平、胡适、陈钟凡、陆侃如等又说它不是屈原写的。另有人则据其中论道语，断言：“可见此篇完全是道家出世的神仙思想。”真是冤哉枉也！

实则王逸《楚辞章句》注谓此篇乃“高翔避世，求道真也”，已说对了一半。本篇确是追求道真，然非避世，乃度世。避世只有逃离社会现世之意义，度世才是出诸忧生而对此世生命的度越。人只有要解决这种生命存在的问题时，才需要求“道”。

故“道”并不只是政治措施、富国强兵等处理社会现实问题之术，乃是涉及生命归向之价值与意义问题的。是以孔子说“志于道”，“士志于道，而耻恶衣恶食者，未足与议也”，“朝闻道，夕死可矣”，“笃信好学，守死善道”。

志道、求道，就是对“道”的追寻；信道、守道，则是对此价值与意义之坚持。游民、游士的社会，人在抛弃了土地田宅以及旧乡亲故之后，“道”即成为他行动的准则与依归。

因为生命无论如何自由，如何无负累、无拘检，仍需要有能定得住的东西，否则便只好流于虚无，人生飘飘忽忽，不知伊于胡底。这定得住的东西，若不在田宅、货利、爵禄、国族、身份上，那就只能定在做人做事的原则上。孟子曾说，士人应该“无恒产而有恒心”，恒心就是人心要有所定，如孔子所说，“居处恭，执事敬，与人忠。虽之夷狄，不可弃也”。

这就是“道”，孔子有时亦称此为“仁道”，如此章即回答樊迟问仁者，谓此乃人之所以为人之道。

人有做人的一般原则，也有特殊性的原则。例如大臣就该有做大臣的原则，该有大臣之道。《论语·先进》：“季子然问：‘仲由、冉求可谓大臣与？’子曰：‘……所谓大臣者，以道事君，不可则止。’”大臣该以道事君，这是做大臣的原则。依此原则，君亦应合乎君道，国亦应合乎立国之道，若不能如此，大臣便应离开。“止”者“趾”也，“走开”之意。故子曰：“笃信好学，守死善道。危邦不入，乱邦不居。天下有道则见，无道则隐。”“邦有道，谷；邦无道，谷，耻也。”

孔子一向是如此的，其弟子亦然，如季氏要闵子骞做费宰，闵子骞就对使者说：“替我辞掉吧！若再来找我，我就要逃到汶水上了。”游士须守道，守道者在遭逢无道时，自应继续远游。此谓之“徙义”。“子张问崇德辨惑。子曰：‘主忠信，徙义，崇德也。’”

远游追寻求道、徙义归仁，便是此时游士社会发展出来的生活方式及精神状态。

这种志道徙义的活动，在秦以后甚为困难，因为主张安土重迁的王朝，制定了“迁徙刑”，迁徙变成了一种对犯罪者的处罚。汉承秦律，徙刑包括徙、谪、废等，自此乃有中国绵亘数千年的谪废流放之哀鸣。

可是春秋战国时期，迁是很平常的事。《春秋·闵公二年》中，“齐人迁阳”，《左传·襄公六年》，齐又“迁莱于郳，高厚、崔杼定其田”。成公十五年（前 576 年），许向楚请求“内徙”，楚即迁许于叶。昭公四年（前 538 年），楚又迁赖于鄢，楚子乃考虑迁许于赖。昭公九年，淮水流域几个国家更是大徙了一番，许国人迁到城父，城父人迁去陈国，方城外的人搬到许，城父的许国人又获得州来[①]和淮北

① 古国名。故址在今安徽凤台。春秋楚邑，前 529 年为吴所灭；其后又属楚，前 519 年又入吴。前 493 年，吴王夫差迁蔡昭侯于此，此后遂改称下蔡。——编者

之田。在陈的城父人则另外得到夷的濮西之田。隔了两年，许、胡、沈、道、房、申又都迁到荆。再隔三年，又都搬回去了。

所谓“国家”，后世的定义之一，就是拥有固定的疆域和人民。以此观念来看此刻的各“国”迁徙状况，实觉不可思议。盖此所谓国者，疆域似定不定，人民也不定属于某一国，国家更可以迁来迁去。

古史所云尧舜盘庚等“迁都”之事，亦应如此理解。国是移动的，或出于自愿，或迫于形势，或战败被人处理安置。总之，国可迁，也常迁。国家、土地、人民三者的关系甚为松散，或国迁而人民并不全随国家徙动，或人民弃土迁离，国则不动。而国家内部也经常徙民。

《孟子·梁惠王上》：“梁惠王曰：‘寡人之于国也，尽心焉耳矣。河内凶，则移其民于河东，移其粟于河内。河东凶，亦然。”此即国家内部之徙民。

秦汉以后，当然也徙民，但重在实边垦荒，或便于就近监控，不是把人民迁往更好的地方去。战国时之徙民却不同，是行此德政以广招徕。所以梁惠王自认如此用心而无效果时，孟子便教他施行仁政，谓若能行王道仁政，“斯天下之民至焉”。接着孟子又见到惠王的嗣君襄王，也告诉他要行仁政：“诚如是也，民归之，犹水之就下。”《孟子·公孙丑上》又载孟子言，论其所谓王道仁政，甚为具体：

尊贤使能，俊杰在位，则天下之士皆悦，而愿立于其朝矣。市，廛而不征，法而不廛，则天下之商皆悦，而愿藏于其市矣。关，讥而不征，则天下之旅皆悦，而愿出于其路矣。耕者，助而不税，则天下之农皆悦，而愿耕于其野矣。廛，无夫里之布，则天下之民皆悦，而愿为之氓矣。信能行此五者，则邻国之民，仰之若父母矣。

廛不征，房屋不征税；耕不税，田亩不征税；讥不征，人货通关不征税；无夫里之布，不收徭役税和土地税。如此，当然百姓归附，近悦远来，“如此，则无敌于天下”。

这里所列的几种人，士、商、旅等，都是游民，农耕者也是，所以大家都朝有道义的地方流动。

周朝之游士游民现象，经春秋战国逐渐扩大化以后，出现了两种相反的力量。由于人民是流动的，如孟子所云，朝能行道施惠之地归附，所以各国都想办法去吸引招徕新氓。但同时，各国也都怕自己的人民会迁走，故都想法子要限制民众之流动。一方面鼓励流动，游民乃越来越多；一方面开始编户齐民，开始征收固定的房产税、田土税、通关税，人民流动就越来越困难。

孟子是法先王、复古道的，所以大声疾呼，希望能保持社会的流动性，让人民不属于一个固定的封域或政治团体，只属于他自己所认同的道义世界。君王与人民的关系，被认为并非统治者与被统治者的关系，犹如国君大臣之关系，非隶属关系，而是道义关系。

在道义关系中，“君使臣以礼”，“君子之道，其使民也义”，“使民如承大祭”；“臣事君以忠”，“忠臣以道事君”。忠，即“为人谋而不忠”，“主忠信，无友不如己者”的“忠”，强调敬事而信。如果道义已亏，彼此之联结关系即告中断，臣民可以离去，可以视君王为寇仇，也可以将之推翻。

或许有人要说，所谓君主与臣民的非隶属关系，系以道义相维云云，只是一种美化的讲法。人民离开故君故土，其实是逃难；被压迫得受不了了，揭竿而起，也属于生存之挣扎，困兽犹斗，何况是士君子以道事君，不行则动脚趾离开，大抵亦然。若不走，怕遭整肃；更担心如果走不了，则需“危行言逊”，日子也不好过，只得忍痛出游。故“游”并不是消释烦忧或优游岁月，乃是逃难，流离散亡于天下。

此说甚是，我并不否认这些。但远游以求生，与远游以求道亦不矛盾。因为民众逃难求生，欲苟全性命于乱世，一定是由无道之国逃向有道之域，士君子的流动亦然。故求生之旅，亦不妨视为与远游求道同类的活动。

吾人当知此时民众原即是流动的，流动是常态而非变态，与后世之观念殊不相同。“氓”这个字，指“人民”。但这个“民”本来就是指“游民”，《说文解字》段玉裁注云：“自他归往之民则谓之氓，故字从民亡。”人民从此国迁到彼国，从甲邑移居乙邑，当然就是“氓”。朱骏声《说文通训定声》云氓为“自彼来此之民”，魏源说氓为“流亡之民”，都是这个意思。这些氓，可能“抱布贸丝”。但他们即便务农，也一样不定居于土地上，所以孟子形容他们是水，哪儿低洼就流向哪。

此等民氓，后世实亦有之。如实施严格之户籍制时，人民定居于土地上，土地收归国有，人则不准随意流动。户口在乡村的，到城里只能成为“黑人”“黑户”。有时甚至还要打路条，才能离开本乡本地，出外办事。但纵使如此，仍有不少人是游流如水的。

据柯杨、赵宝玺《甘肃永登县“薛家湾人”的职业及其信仰习俗——关于“中国的吉普赛人”的民俗调查》云，该地现有近百户人家，惯于三五家一群，连年奔走四方，为人算命卜卦，禳病消灾，近似欧洲的吉普赛人。又据调查，江苏邳县，每至农闲时，男女便大批出外乞讨。山东郯城，也有女人出外行乞。此类游氓，显然并非任何社会所能消灭的。

但此或为种族、或成职业、或属于农耕定居生活之外的辅助行为，与春秋战国时期不同。那个时候，民众基本上就是游的。“领土国家”的观念才刚刚出现，尚未定型，《左传·文公二年》记孔子语，谓臧文仲有“不仁者三”，其中之一就是废六关，“所以禁绝末游”。可见人民本属游氓。春秋战国，攻战不休，人民流离及贵族陵夷日益严重，自然也扩大了这种游民性。一般人民固然如水流散于方，游士也与人民一样大游特游。孔子、孟子、荀子等儒家是游的；墨家摩顶放踵，奔走于天下，也在游；道家、纵横家之为游，是不用说的；农家，如许行也带着徒弟们游。

游为常态，便无“逃难”之问题。逃难意识，是后代游民的重要生活经验意识内容，然却尚难见之于此时。因为逃难是定居社会的想法，只因定居的条件被破坏了，出现生存的灾难，所以才要逃，是无法再安宅旧厝，只好背井离乡，重点在于“逃离”某一灾祸地点。

而就游牧民族或流浪者（如吉普赛人）的观点来说，却不是这样的。闻说何处水草丰美，便游来聚居，所谓“远方之人，闻君行仁政，愿受一廛而为氓”，动力在于“趋向”，是向某一乐土集中。

故逃难与趋乐，实为两种意识。“适彼乐土”是自由的，逃难则是无奈及不得已的；游民往水土甘美、有仁有义之地流动，是水之本性使然；为兵灾天祸人殃所迫而流离，是土块打散了的泥屑乱迸。看起来是一样的流动，放在不同的社会脉络里，其实便甚为不同。

在这样的游民游士社会里，配合着远游求道、“适彼乐土”的精神，此时便出现了另一种“天下意识”。

安居陇亩者的意识，是定着在他那一方田土上的，故有“方域”“地盘”之观念。游民没有定着的土地，也不想拥有一块固定的土地；他们脚走到的地方，都属于他们，也都不属于他们。特别是土地私有权之观念尚未确定，游而居之，居而游之，又何必把自己束缚在一块地上。这样形成的，就是“男儿志在四方”的天下意识。

例如孔子是鲁国人，可是他说话时并不从“鲁国人”这个角度发声，动不动就说：“君子之于天下也，无适也，无莫也，义与之比。”“或问禘之说，子曰：‘不知也。知其说者之于天下也，其如示诸斯乎！’指其掌。”“天下有道则见，无道则隐。”“巍巍乎，舜禹之有天下也，而不与焉。”子夏也说：“四海之内，皆兄弟也。”自居为一天下人，根本没有鲁国优先、鲁国主体性、鲁国本土关怀之类想法。

若非我们已知孔子为鲁人，恐怕我们在《论语》中也不太看得出他的地籍本贯。孔子如此，其他人也一样。事实上，“大师挚适齐，亚饭干适楚，三饭缭适蔡，四饭缺适秦，鼓方叔入于河，播鼗武入于汉，少师阳、击磬襄入于海。”大流动的时代，讲本籍本贯，有何意义？“今丘也，东西南北之人也”，周游天下，遂有此天下意识，又有何可怪？

不过，天下意识细分又可以有两类。《庄子·大宗师》记录了一段孔子与子贡的谈话。这段话，是因“子桑户、孟子反、子琴张三人相与友”，子桑户死时，友人联尸而歌，子贡甚为困惑，故问孔子：

孔子曰：“彼游方之外者也。而丘游方之内者也。……彼方且与造物者为人，而游乎天地之一气。……以观众人之耳目哉！”子贡曰：“然则夫子何方之依？”孔子曰：“丘，天之戮民也。虽然，吾与汝共之。”子贡曰：“敢问其方？”孔子曰：“鱼相造乎水，人相造乎道。相造乎水者，穿池而养给；相造乎道者，无事而生定。故曰：鱼相忘乎江湖，人相忘乎道术。”

从庄子的角度看，孔子仍只游于方之内，未脱离“游必有方”的层次。但这个“方”也不是固定的方域方国，而是以整个江湖为方，以道术为依归。其周游列国，“席不暇暖者”，正因他居于道术之中。

孔子之外，如“田骈以道术说齐王”，宋钘、尹文“救民之斗，禁攻寝兵，救世之战。以此周行天下，上说下教，虽天下不取，强聒而不舍”，亦皆是如此。

此时道术为天下裂，人人优游于其道术之中，以道术为安宅，所以能够没有外在的具体的田土产业。他们的安居是内在于己的，只要不改其志，便可居天下之广居，立天下之正位，达天下之正道。

此时天下即是江湖。人相忘于道术，故亦相忘于江湖，不会有“江湖多风霜”“江湖寥落尔安归”之感。

但江湖毕竟是平面的，游于江湖式的周流，据庄子看，仍是游于方之内。他提出另一种“游”的人生态度来，亦即所谓“游于方之外”，要求人与造物者为友，游于天地。

这是超越性的“游”，精神超越出整个平面土地，彻上彻下，周流于上下，不只是四方而已。故曰“游于方之外”。

游于方之内者，实无定方，以道为安宅，本来就具有内在的超越性；此种方外之游，超越性更强，完全是精神飞越超举的凌虚状态。所以庄子不断用大鹏冲霄、列子御风等意象来形容，又说藐姑射山之神人，不食五谷，吸风饮露，乘云气，御飞龙，而游乎四海之外。这种游，或许更合乎“游”字的本义。

据日本人白川静的考证，游，古作“斿”，或写为“游”与“遊”。“斿”和“旅”一样，都是拉着旗子出游。这是古氏族迁移游居时常见的现象。旗子代表了氏族的徽号，奉氏族神以出游，原因就在于真正能游者，其实只有神才能办到。后世所谓“神游”，词源即出于此。

神是会降真、会出游的，《诗经・周南・汉广》云，“南有乔木，不可休思，汉有游女，不可求思”的游女，或谓即汉水女神。楚骚描述此类神游状态的更多。如《离骚》中“和调度以自娱兮，聊浮游以求女。及余饰之方壮兮，周流观乎上下”，《九歌・湘君》中“驾飞龙兮北征，邅吾道兮洞庭”，《九歌・湘夫人》中“帝子降兮北渚，目眇眇兮愁予”，《九歌・大司命》中“广开兮天门，纷吾乘兮玄云，令飘风兮先驱，使涷雨兮洒尘”，《九歌・少司命》中“与汝游兮九河，冲飙起兮水扬波”，也都是神游。

游于方之内者，周流四方，相忘于江湖；游于方之外者，效法神游，超然高举，飘荡往来。这两种，都可称为天下意识。有此意识的人，浩荡行走在江河日月之间，故曰：“士而怀居，不足以为士矣。”

我乃游人，游行久矣，愿以此邀请天下士，相与偕游。能成大鹏鸟，何必学麻雀。

# 命运在乌有之路驾驭万有

20 世纪 80 年代，我在云南旅行时，听到楚雄某些彝族学者的论点，说彝族乃发源于楚雄一带，新出土的元谋原人及彝族十月太阳历均可证明此一文明发轫之早。其后这个拥有黑虎图腾与太阳历的民族向西北迁徙，有进入巴蜀乃至康藏的，成为川康氐羌或藏人。再往北，则成为陕甘羌族。向东北方走的，就逐渐扩及黄淮平原，再经东北，跨过白令海峡，到达美洲大地。

换言之，彝族几乎可说是亚洲、美洲的文明之源。我国古代的《易经》《老子》《楚辞》中均可找到不少证据。对于这类以自我一族为世界文明中心的论调，我当然是哑然失笑的。但仔细一想，就赫然发现：这个大迁徙的想象，其实正是我们对于人类文明的基本解释。例如清朝末年时流行的中国人种及文明西来说，就曾经影响深巨。著名学者苏雪林，花了很大功夫，想证明《楚辞》所显示的乃是巴比伦的神系与世界观。其他学者论证墨子应是非洲黑人或印度婆罗门。古代中国的星宿、太岁名称，亦有不少考证，说它们源于这源于那。台湾的毕长朴先生则倡言一种中国人种北来说。此外，人类学界对于人类文明也有起于非洲北端，再逐渐扩散全球，和起于印度尼西亚群岛等各式主张。彝族学者所主张的，便属此类说法之一。反对此类文明一元论的，辄主张文明多元论：各洲各有人种，各有文明，各生各火，各因各果。虽然如此，文明多元论者亦不认为文明源生于某地之后，即定居于该地，无迁徙无交流。只不过他们通常采取区域扩散的讲法，不似文明一元论者讲得那么恢张，老是做纵横几十万里的大规模迁徙论。古代文明间的迁移与交流，到底该恢张点说，还是谨慎点讲，很难论定，因为谁也不能断言古代人类不是像候鸟般往来迁徙的。一只伶俜燕雁，尚且每年不辞劳苦，度越万里，飞洋过海，何况是人？若说燕雁为何总要如此不惮烦，谁也说不出。避寒嘛，自有别的办法，何苦如斯跋涉？海上风波、云中罗网，其中之凶险，实更甚于寒冷。因此，这或者只能说是物性本能。就像某些动物，一旦出生，就开始远游；待生育期再千方百计旅行返回原生地产育，或临死时再回来。一生就在这一来一往的长途跋涉中度过了。若问这样的生命到底意义何在，也没人答得出来。生物的本能，就蕴含着属于它最本质的奥秘。似乎动物之不同于植物，就在于它要徙旅，要迁移，否则它就干脆生为植物了。讲这么多，我要说的是：人的物性本质或本能就是要迁旅行游的，人类的文明，便也成于旅行之中。“人”，这个字，在中文的构形中，像人直立之形。直立，是人的物性特征，其他动物只有少数或偶尔能够如此，例如熊。人能站立故能迈开大步走，所以“大”字就像人行立于山川日月之间之形。文明之文，则是物相杂之形。人与人、群与群，要相互交流走动，才能杂，才成文，故古人曰“物一无文”。我们也可以说旅行才能达到跨文化交往，让人在文化转换之中，跨出自己的文化封域，通过碰撞、理解而逐渐融会出新的文化视野，达成新的文化创造。这个过程，实际上就是文明不断创发的历程。若人一直局限于他自己那单一族群、单一文明、单一地域，其文化就绝不能发展，因为“物一无文”。近年欧美的旅游研究虽然很热，大谈“流亡”“移民”“后殖民”“混血儿”“探险家”“观光客”，但实际上缺乏历史与文化视野，基本上是处理第二次世界大战以后大众观光旅游工业所带来的问题。所以卡伦·卡普兰（Caren Kaplan）才会说，“旅行”无疑是一个现代概念，象征着西方资本主义扩张年代中的商业和休闲活动。而“位移”更多的是指现代化所造成的群体迁移；詹姆斯·克利福德（James Clifford）则承认他所称之“旅行”一词，乃是与欧洲的、男性的、中产阶级的、科学的、英雄的、娱乐的事相关着。因此据他看，所有的男人都是“旅行者”。他们都忘了：旅行，是如上文所说，古已有之；且是人类之物性本质，男人游，女人也游；又是各文化形成及发展之原理，故而西方现代、后现代有旅行，有位移，中国更多的是旅行文化及因旅行创立的中国文化。古代旅行困难之一，在于行囊笨重，携带不便。例如孔子周游列国，与弟子讲学不辍，势必要带些书籍，以供讽诵。惠施出游，“其书五车”，亦是如此。可是带着这一大批竹简去旅行，搬运实在费钱费工，并不容易。古罗马人旅行须雇信使，也是这个缘故。一名信使约可负重四十公斤，每一里要收两个银币，旅费还须雇主负担，花销殊为可观。旅行也不是花了钱即能顺利就道的。古罗马游记中记载了许多旅途障碍，例如碰到大量青蛙或大批兔子布满路面，有时乡间道路上忽然涌来大批老鼠，有时有蛇群或沼泽区蚊子肆虐，都可能令旅行无法进行。有些规定，则比蚊虫蛇鼠更恼人，像罗马奥古斯都禁止在旅店中卖糕点，理由是吃糕点太奢侈了。尼禄则禁止卖蔬菜以外的熟食，原因不详。但旅行而不惯食生冷者，恐怕就只好少出门了。出了门，而且旅行顺利进行着，也不会就无烦恼。我读《论语》时，便常想：孔子通关过国，如何申办旅行通行证？他在外地游历十几年，要不要寄信回家呢？信差或邮务，在当时也不知是怎么回事。春秋战国时，通关多用“铜符”，与罗马人以青铜制作证件相似，但《论语》中不曾叙及。罗马邮政创于奥古斯都。但据记载，只是传驿，且为公文书之传递，非一般旅人的家报书函邮递。中国古代旅人要向家人报平安，通信息，要怎么办，也不易了解。而这些，就我旅行的经验来说，可都是大事且是麻烦事呢！我也是读书人，旅行途中不免也要带些书参考或送人，别人也常回赠我一些书或资料。旅途中又必然要去逛逛当地的书店，像女人采购衣饰化妆品般，访书乃是我辈旅途中最大的乐趣。到书铺摩挲徜徉，远胜于逛街或听导游鬼扯。如此一来，行囊就立刻如堆满砖块般，庞大而且沉重。撑破旅行袋、拉断拉杆箱、扭伤腰背，都是必然的。更惨的是，还要多花不少钱、多怄不少气、多担许多心。第一次到北京时，书刊资料，搜集五十公斤。当时不能通邮，只能扛到机场去。行囊因捆书太重，早已开膛破肚，用绳索勉强束紧，也不能托运。航务人员恩准我背上飞机，但需支付巨额罚款。罚就罚吧，虽然罚起来比买还要贵，又能怎么办？可是，这不是交钱就可了的事。他们不收美金、不收新台币，也同样不收人民币。收什么呢？只收外汇券。所以必须再扛起这包捆得不大牢的书，气喘吁吁，跑去四处找兑换的地方。一面拉拽行李，一面翻找证件及兑换钞币，一面扛举书包，心里则急躁担心得要命，生怕赶不上飞机而滞留。终于在寒冷的北京机场里，急出一身热汗，裹在大衣里，如泡了水一般。后来北京可以通邮寄书到台湾了，也未必就便利许多。因为交通仍然不便，可邮寄海外的邮局或书店也不太多。所以买了书，常要捧着、拎着、背着、拽着去找地方邮寄。有时能借到脚踏车来捆载，或拦到一台三轮车，就庆幸不已了。虽然劳累，但能带、能邮寄，毕竟还算好的。最苦恼的是，好不容易捡拾停当，载到机场，海关安检却是这书不准带，那书也不准带，封箱的书勒令拆开，已包裹的书须改购他们准备的箱子或改采封裹方式……这些规定，比罗马皇帝的禁令更难理解。被扣留以后，损失不赀，又无赔偿，遂如半路遭了劫掠。封捆好的包裹，割拆以后，也不帮你贴好绑好，更让你不知该怎么办。这类状况，正如不准带酒登机，因为担心恐怖分子袭击，会在机上点燃含酒精的饮料，可是却鼓励旅客在机场内免税店多多买酒带上飞机那样，若不荒谬，哪显得出海关的尊严与权威呢？这就是问题症结之所在了。人像鸟，原本是自在徙旅的。谁听过鸟儿飞行经过某国“领空”要先申办通行证、要到海关验关、在某地捕猎或啄食了食物要交税？人的世界，却用此疆彼域，区隔出种族、国家、省市等。行旅都要管束，通关都要惩罚。交税其实就是惩罚之一端！理由是：因为你们这些人要旅行，增加了我们的麻烦，所以要用关税、货物税，让你“留下买路钱”。那些乱七八糟的规定，亦皆旨在伸张权力、困辱旅客，俾令其不能如大鹏鸟般遨游四海罢了。因此，所谓保障人民有居住、迁徙的基本自由权，在现实世界中，实比思想言论自由更难实现。人受思想言论之钳制，多知反抗；受到迁徙自由之限制，却往往视若当然，甚或乐于为其帮凶。故我们观察一个社会的自由度，辄可由旅行是否自由便利看。越自由的地方或时代，必然旅游风气越盛、通关验证越简易、规定越宽松、邮务电信与交通越便利。在各个城市出入通关，看见巍峨的海关大厦时，我都会想起许多旅行中遭逢的苦楚，也感受着社会的变化，并思考着这旅行与自由的问题。在我脑子里，更常盘旋着孟子的声音，“古之为关也，将以御暴。今之为关也，将以为暴”。“市，廛而不征，法而不廛，则天下之商皆悦，而愿藏于其市矣。关，讥而不征，则天下之旅皆悦，而愿出于其路矣”。若说旅游是以自由为其本质，则审美也是。英国浪漫诗人柯勒律治，偶读《波卡斯游记》，见其中有“忽必烈汗下令在此兴建一座宫殿，附有富丽的花园。于是此围墙圈起十里肥沃的土地”等语后，昏然睡去，梦中竟作成一长诗，醒来还历历在目，不下两三百行。不幸忽有人来找，再想时，记忆就模糊了，勉强追怀，仅成五十四行，为一名作，叫《忽必烈汗》。诗中云忽必烈在上都兴建夏宫：林园鲜美，小溪环绕，芳香的树上绽开着花朵；还有森林，与丘陵同样的老，拥抱着阳光照耀的片片芳草。此诗成于梦寐，依凭的，是想象和吃了鸦片的作用，故所述当然也只能当梦话看。忽必烈没有建过园林，中国的园林，也非西方宫殿附设花园的概念。而圈地十里以为苑囿，柯勒律治大概想以此极力形容其大。却不知在中国，帝王苑囿实在都要比这个规模大得多。孟子说“文王之囿方七十里”；梁惠王不过一诸侯，亦有园林方四十里，后世侈泰愈甚，园子又岂能小如柯勒律治所云乎？

柯勒律治若有机会，来中国实地看看圆明园、颐和园，保证会叹为观止，发现这些园子比他的梦中仙境还要美。

圆明园如今已成废墟，颐和园则尚存典型。可是国人游赏兹处，心情却是复杂的。不是只有如柯勒律治般欣赏园林美景，艳称大汗功业的想象，也充满了咨嗟感伤。慨叹昔年若不如此豪奢，把钱用在国家建设上，国力也不至颓唐至此，让美丽的园子，成为耻辱的象征。游颐和园时，尤易令人生此感慨。因为当时就是慈禧挪用了海军军费来修颐和园，才有甲午之败。挪用军款以修颐和园，王照《德宗遗事》、罗惇曧《中日兵事本末》、沈瑜庆《〈中译日本帝国海事之危机〉序》、张荫麟《甲午战前之海军》都曾提及。据罗说，挪用了三千余万两，沈氏说用了两千余万两，数字都极大。军款既经如此挪用，当然会战败。但挪用固属事实，海军可没有那么多钱。从光绪十一年（1885 年）海军衙门成立至二十年八月甲午战争，海军支出，每年也不过两百七十万左右。其收入，政府拨款约两百万，另有海防新捐两三百万以及十三年后鸦片加税给海军署的两百多万。收入相较，可四百余万。这些余钱并不全属海军署，还要拨些给东三省练饷，因此"报效园工"绝不能多至两三千万两。而且，海军其实本是有钱的单位，故其弊不在缺钱，而在钱未妥善花用，添购船炮。所以建军比日军早而舰只老旧，速度迟缓。加以提督丁汝昌不娴海军战术，又与教练英国人琅威理不睦。琅去职后，海军纪律废弛，总兵以下多携眷居住陆地；军队每巡南洋，皆相率淫赌于上海、香港。不说别的，甲午大战起于八月，四月间海军大校阅，发射完炮弹后，就忘了补充弹药，八月打起来怎能不败？

也就是说，甲午海战之败，别有因素，把它推到建颐和园上，既简化了问题，也未必符合事实。清朝海军始建于光绪元年（1875 年），重点建设北洋水师，其次是南洋水师和山东、浙江、广东等地之水师，战力其实非常薄弱，往往连海盗都对付不了。甲午以前，如英法联军之役，导火线就是海盗。海盗混迹英籍船上，被水师捕获，双方交涉起冲突而致衅。甲午之后，长江一带督抚仍因海盗猖獗，向德日诸国定造河内炮舰数艘，以为防剿。可见国事麻乱至此，非仅一园之罪也；兵力渐衰，亦不仅是钱不够用的问题。

当然，天下事理复杂，不容易说清楚，用“西太后挪用海军款项造颐和园”这么形象化的说辞，总括其要，确是个好办法。这个说法，借园林之宏侈盛美，以状帝王之颟顸奢靡，大家是一听到就会信的。毕竟，国富民殷之世，王者起造园林，足以显其国力之壮盛，令人艳羡企慕，如柯勒律治之崇仰忽必烈汗那样，形诸梦寐。可是，国力已衰，起造林园就会让老百姓受不了了。海军战败而归咎于慈禧，即由于此一心理。

其实光绪初年，晋豫饥荒。朝士议论，已主张提拨海军军款以供赈灾。这就可见国力已衰了，必须动支军费才能赈济。亦可见动支海军款项早有成例。而如此动支，会不会影响兵力呢？当然会。当时南洋大臣沈葆桢就以为不可，致书李鸿章，说此举“必为我公异日之悔”。换言之，甲午之败，若与提拨海军军款有关，此次赈灾，恐怕才是主因。可是用军款赈灾，老百姓不会批评，只会感谢。若移用军款以造园，情况就不同了。糜烂国事的结果可能相同，但公心与私利之分，仍是人民评价这件事的标准。

只有时移境异之后，评价的标准才会改变。例如审美的或历史的价值，现在就超越了那时的成败或公私之辩。不论修颐和园是否造成了甲午的败战，不论建颐和园是否只为了慈禧个人的享乐，在战乱和各种动荡中侥幸存留下来的颐和园，除了见证历史，显其历史意义之外，更风华绰约地显示其无与伦比的美。

没有昔年慈禧糜耗国力以建此园，哪能有现在的美丽园林？美，往往是残酷的，非只帝王家如此。一场安史之乱，只成就了几卷杜甫诗，所以赵翼诗云，“国家不幸诗家幸，赋到沧桑语便工”，后人欣赏杜诗之美，竟要感谢那一场叛乱。

说此等话，近乎没有肺肝。因为战争中，生灵涂炭，骨肉流离，其痛苦，不是战争以外的人说说风凉话便可以抹杀的。这个道理，我也晓得。然而，历史的无情、美的残酷亦即在此。李延年唱的歌，说“一顾倾人城，再顾倾人国，宁不知倾城与倾国，佳人难再得”。不就是这个意思吗？张爱玲写《倾城之恋》，不也直说仿佛香港的倾陷，只为了范柳原与白流苏的爱情么？为爱佳人，不惜倾城与倾国，论者当嘉其爱美之心，抑或当痛其倾国之祸？

依审美的角度说，那就宁可倾国。因为“佳人难再得”，独一无二的美，非任何东西所能替代。尤其是时序迁流，任何政权、任何王朝，终归都要倾灭。纵无佳人，纵无名园，也终不能久长。但倾覆的王朝，若能留下一座美丽的园林供人徜徉游息于其中，那也是不错的。林园之美，反而说明着大汗昔日的荣光，令人暂时忘却那早已是覆灭了的朝廷、扫入历史烟尘中的王权。

旅行的人，千辛万苦，长途跋涉，去看古迹、游名园、摩挲宫阙，享受的都是这种审美的体悟。而审美的追寻，不正是自由的本质吗？

# 女性主义文评与道德流动性

## 一

以文学为史料，据以建构历史，由来已久，不待现今热门的文化研究而然。

克罗齐就曾痛批文学史、艺术史中长期存在的社会学式历史研究。认为大家只是借由诗或艺术去了解风俗习性、哲学思想、道德风尚、宗教信仰、思维方式、感觉及行动方式。艺术成为资料，而非主体。平庸的作品，更常因它能结合社会实践和思维，具有能印证时代的数据作用而获得青睐。真正具有超越性、独特精神面貌的天才杰作，反而会在这种研究取径中遭到埋没。他批评的这种现象，在文学研究中确实是长居主流的。

这样的研究，假若我们不像克罗齐那么严格地看，则它虽“非文学性研究”，仍可说是“对文学的研究”。是对文学进行历史学、社会学式的研究。

但此种研究，要做得好，对文学的感性尚在其次，亟须具备的，是历史学、社会学的知识能力。现在的文学研究者，太多人喜欢从事这种文学的社会学式历史研究，可是社会学与历史学知识却普遍不足。研究一个朝代，而对那个时代的职官表、食货志、河渠书、都邑考、儒林传、氏族谱、释老志等资料均不甚措意亦不了解，也很少精研历史学理论或具备社会学修养，只从一个大概念、大框架去理解那个时代，并据以说明该时代之文学。在这种基础上发展出来的文学理论，也常成为只用一些大概念、大框架去理解社会，并据以说明其文学，再以其文学来描述那个社会的理论。

女性主义文评，即属于这种理论。

## 二

女性主义文评各派之基本假设，是妇女在社会文化中遭遇了结构性的不平等。女性被排除在公共生产之外，男人借父权体制，对女人进行控制。亦即以性奴役（sexual slavery）与强迫母职（forced motherhood）控制女人。为什么要加标英文呢？看中文，有人会不懂吗？可是一标英文，这些普通语言就仿佛术语化了，仿佛可让人由此类术语看见真实，透过男人对女人身体的控制，形成女人被压迫的处境。女性以其为女性，而被界定为、区别为一种僵化的社会女性角色，例如认为她应温婉、柔顺、被男人领导支配、被动、情欲内敛，担任生育和家庭工作等。这种社会女性角色，意指“女人非天生”，女性所有的各式性标签、性特质、性活动，其实都已被父权制社会赋予的意义加以社会化，把女人形塑成一个性阶级。

对性别角色的反省，纵或不始于米德（Margaret Mead），但她 1950 年出版的《性别与气质》影响仍不可忽视。其书描述新几内亚三个原始部落的性别角色化过程，也为尔后女性主义运动“女人非天生”论述提供了影响极大的实证数据。

可是，米德的调查及使用的模式，在人类学界争议很大。同时，两性生理禀赋不同，是讨论“性别与气质”时可以完全忽略的吗？生理条件不同，必然造成心理状态以及人我对应关系的不同，其社会责任也不可能一样。不要说男女，老人、小孩和壮年人生理情况不同，其心理状态、人我对应关系、社会责任又会一样吗？若我们也仿女性主义口吻，说老人、小孩只是被塑造的社会角色，与其生理禀赋条件无涉，谁能相信？

两性关系研究中的生物论者，更从动物界去找了许多证据，证明动物界中雌性、雄性动物之气质不同，即本于其雌雄性差。在医学上，雌性激素、雄性激素的运用，也历有年所。主张女性主义的女人，在更年期来临时，身体不适，大概也不免要去注射些雌性激素，怎么能说这些女性气质不来自生理，而只是社会文化的塑造？

再说，若两性气质确实是因社会化人格的制约，则这样的社会是怎么形成的呢？我们不能采取一种社会文化决定论，却不解释这个社会文化为何会是如此。到底是男人女人塑造了社会文化，还是社会文化形塑了男人女人，也应一并追问。

这些都是方法与实证上的问题。但要揭穿这些，其实也不用讲这么多。我曾嘲笑米德：“人类学家要了解人类，有时是不必远渡重洋、深入蛮荒的，只要仔细再看看我们周遭的人类就行啦！”因为：只要生过、养过小孩，谁都知道，大多数男孩从小就皮，好动，有攻击性，不听话。家庭中的“社会文化”纵使费尽气力想要形塑他，要他像妹妹一样乖巧听话，终不可得。

换言之，女性主义在人类学、社会学或两性研究上都存在着重大争议，对其方法与实证数据，均有不少质疑，认为其说恐怕都不能成立，更有明显违背日常经验之处。

运用它那套理论，去解释古代中国妇女生活时，实证材料亦辄与其理论枘凿。一个男女交往频繁、女性常采主动，其活动亦不限于家庭场域，女性权力与情欲也不甚受压抑的传统社会，绝非其理论所能描述。

在方法方面。女性主义者主要在寻找一个无时间性的结构秩序（父权制），作为一切问题的解释。他们虽有不少人宣称自己是解构主义者，可是实质上他们都是结构主义的取向。跟马克思、涂尔干、索绪尔、列维－斯特劳斯等老传统相似，探究制约和决定人们行动和思想的基本的社会结构。

所以，社会上虽有许多尊女方式，如走路、上车要礼让，女性优先；在称谓上，都说“各位女士各位先生”，把女性放在前面（古代即有，如宋代是作礼时男跪而女不跪（只拜而已）等，但女性主义不会看重这些“表象”，她们要谈的是社会表象之下的深层结构。

可是，假若我们换个角度，例如，从另一位米德（G. H. Mead）所主张的“符号互动论”来看：每个人的自我，都是社会的，与社会互动有密切关系，因为每个人都与他人互享符号（语言或非言辞的符号）。但每个人也都有自省的能力，可以反思自己的环境，自己的（想象的、可能的、现实的）行动的意义与结果，自己的信念，关于信念的信念，而达成自我选择与自我监督。故人在与他人的符号互动中以及自我互动中，就会形成各种不同的抉择与反应，不能用简单的“刺激——反应”机制来说明人的行动：每个人的行动，在同一社会中，表现迥异，不能只看成是对环境的反应或受社会结构所制，也不会是社会价值的结果。

布鲁默（Herbert Blumer）更进一步指出：人会赋予环境不同的意义，意义不是客体固有的。因此人对环境采取的行动也各个不同。其次，布鲁默超越了“自我”这一范围，提出“联合行动”之术语，以指称各式参与者不同行为之社会组合，比如婚姻、一堂课、网球比赛或教堂礼拜。

在联合行动中，参与者各有自我，但须仰赖彼此的互动才能构成这一次行动。所以每一场球赛，每一桩婚姻，看起来结构相似，实则均不相同。依涂尔干之类社会学家的看法，在社会结构中的各项社会事实，是重复的，可预先确立其形式。可是依布鲁默看，即使在最具重复性的联合行动中，每一实例也都是重新形成的，因为行动者对意义的理解不同、采取之行动不同，互动也就不同。

戈夫曼（Erving Goffman）《日常生活中的自我表演》则强调“相遇”。此指人以自身与他人面对面互动。在互动中，人会采纳他人的观点而行动，受“观众”影响也影响观众。所以人非只遵照剧本行事，人也是剧本的作者。

这些社会学理论都质疑了社会结构制约人的思想与行动之说。依此一思路，找一个父权制社会结构来解释（其实只是描述，说故事）女性受压迫的社会生活事实，根本就没有必要，甚且也可能根本没有一个这样想象出来、潜存或超越于各社会事实的社会结构。就算真有这样一个社会结构，人对此结构之反应、赋予它的意义，乃至人与人具体的互动，也不是这个结构所能制约或解释的。

《清波杂志》曾载：“蔡卞之妻七夫人，颇知书，能诗词。蔡每有国事，先谋之于床笫，然后宣之于庙堂。时执政相语曰：‘吾辈每日奉行者，皆其咳唾之余也。’”《玉壶清话》又载，“（杨覃）弟蜕之女妻夏英公，阃范严酷，闻于掖庭”。

在所谓父权制底下，为什么这些女性却没成为被压迫、被奴役者，不需要柔顺、不必被支配？这岂不足以说明在婚姻联合行为、夫妻彼此互动之状况中，父权制云云毫无解析力吗？何况在一个士大夫屡屡出现“阃范严酷”，如夏英公、陈季常、沈括之情况的宋代社会，又怎么去说父权社会形塑着女性屈辱柔弱的性别角色呢？

符号互动论、拟戏剧论，在此，都会比女性主义更具效力。

结构或许确实存在，持符号互动论者亦未必要反对社会有一个结构，但到底它是约束或决定了人的行动，抑或用以激发不同的反应，正应仔细研究。也许，由于有“客我”存在，“自我”的组成部分，创造性的“主我”，才得以发展出来。

就像家庭，既可能是在父权制底下羁縻女性的场域，也可能是（父权）“社会”到达不了的女性权力空间。女性的家事劳动，可能是被剥削的；也可能代表着伸张女性在家中权力的行为。男性在公共领域的表现，当然多于妇女，这也许是所谓父权制的证据；但若拟剧观之，这也可能像木偶戏、傀儡戏，男性在舞台上演出，背后另有导引者，所谓“吾辈每日奉行者，皆其咳唾之余”。女性是提着傀儡线或参与了编剧本的人。

凡此种种，均可说明女性主义文评在面对其他社会理论时还有许多硬仗要打，其方法甚为可疑。

## 三

其方法还有方法自身形成的问题。

什么叫方法自身的问题？一派女性主义者认为女性受压迫的根源在父权制；一派认为性别不平等是因父权体系对“俄狄浦斯情结”与阉割的恐惧使然；还有一派，认为父权压迫来自更深的文化思维，亦即“菲勒斯逻各斯中心主义”，以二元对立的思维模式把事物阶序化，如男与女、文化与自然、口说与书写，前者代表正面优位之价值，造成了女性阴性的压抑。

这些讲法，都是在寻找一个社会文化因素作为“替罪羊”。可是，这个社会文化因素虽主导了一切，它本身却是独立在社会、历史、文化之外的。这像不像西方超绝形上学思维中“上帝”的角色？这样的角色，会形成理论自身的矛盾：造成一切宰制根源的那个社会文化因素，为什么本身就不受社会文化之制约呢？

而社会文化因素，又怎么可能没有社会文化之异呢？父权制，在各个社会及历史文化中，会是一样的吗？要解释中国家庭，男人的恋母弑父情结，会比婆媳问题更重要吗？中国的思维方式，是西方菲勒斯逻各斯中心主义的吗？

女性主义这些理论，恰好以其自身证明了它深受西方社会文化思维之制约。如果它这种思路可以成立，自亦应承认不同于西方的社会文化也可以发展出不同的男女关系。可是若承认了这一点，便又与寻找“不在变化之中的不变第一因”之态度自相乖戾了。

在理论上必须坚持文化普遍主义，否则就无法施用于中国文学的女性主义文评，在说明其女性主义立场时，却又必须采取文化相对主义。

为什么？

女性主义必须要区分出有一种与男作家、男读者不同的女性书写、女性阅读存在，才能证立并据以发展新且不同于传统的、男性的书写及阅读策略，造成颠覆。

所以像安蒙斯（Elizabeth Ammons）说女性认识的方法是蜘蛛网式的，不同于男性的等级观是直线向前进展的。其作品结构不是情节式，而是放射性的，叙述由一个基点向外开展，到一个定点返回后，再发射出去，再返回，再出去。或肖瓦尔特（Showalter）从生理、语言、心理、文化方面分辨男性跟女性作品的差异。西克苏（Helene Cixous）强调“女性文风”，要破坏男性中心体系论述，把女性特质刻画出来。伊里加雷（Luce Irigaray）用液体、山洞等形象去替代弗洛伊德的阳具，以说明女性自有其特质……

这些讲法，一方面反对历史上对男女做出区分，一方面却在努力区分男女，“把男性、女性加以两极化，将两性关系建构成简单而统一的层级，将女性建构成普遍的无力和普遍的善良”［见迈克尔·瑞恩（Michael Ryan）《政治批评》，第324页，引用牛顿（Judith Newton）、罗申费尔特（Deborah Rosenfolt）《女性主义批评与社会变迁》中对女性主义之批评。他们改用“既是也是”来说女性既是被压迫者也是压迫者，既是男性的敌人也是联合者，既是女性的联合者也是敌人］。

于是，男性与女性，是文化相对主义式的。

男人不是女人，所以不可能有女性经验，故也不可能进行女性书写或女性阅读，不了解女人。或者，除非男人能认同女人，“真正的妇女美学及道德判断，必须根植于一个妇女认同，以妇女为中心的认识论里。……要了解女性的艺术，我们必须先清楚地理解妇女的经验与行为”（*Towards a Woman's Poetias* “*Tulsa Studies in Women's Literature*” 3.1–2）。

总之，男性、女性具有文化上的“不可共量性”，不论它的说法有多少变貌，不用这种办法就无法确立女性可独立于男性文化之外。

可是，文化相对主义是个可靠的立场吗？若坚持文化相对主义，又如何去说有一个无时间性的秩序结构（父权制）足以作为普世女性受压迫之源头？何况，既反对女性天生，说其性别角色乃社会文化所塑造，竟又卖力寻找女性特质，从本质上去剖判男女本就不同，不也是自相矛盾的吗？为什么这些液体、山洞、蛛网认识观、循环时间观等，就不是社会文化形塑的呢？本质论，到底是要颠覆固有的男女观，还是又巩固了男女本来就不一样、其社会角色正符应其性别差异之说？

## 四

女性主义文评家更大的难题，则是“父权制”。

什么是父权制？其实没有几个人弄得懂。这是个充满争议的假设。大谈父权、母权，其实常常只是讲父系、母系。

而母系又是什么？“有关母系的学说，目的都是用它来解释人类早期存在的杂交现象，以为不知父亲为谁，才有用女性来纪认宗亲的必要”。所以母系初起，父系是后来才出现的。

马林诺夫斯基即反对这类假说，认为父系、母系根本不曾独立存在过，世界各处都可发现：两种纪认后嗣的办法是交错混合的，任何一方在时间上居先或空间上更广布，都是不可能的。

至于父系、母系，是否即等于父权、母权呢？

系，是指血统承嗣的制度；权，则未必与血统相关。明显的例证，是中国父系家族中的嫡子，并不一定是长子。嫡，是权力的概念；长，则指涉血统，两者是分离的。同理，一个父系宗族里权力结构仍可以是以女性为主的，描述宋代名将杨业家族事迹的“杨门女将”故事就是如此。杨家男人死的死、降的降、出家的出家，只剩下一堆女人。主持家政者为老夫人佘太君。内中女眷，连丫鬟都骁勇善战、可担大任。杨宗保阵前招亲，娶进来的也是女英雄穆桂英。这些女人，才是杨家这个男系宗族中的权力主体。

讨论父权制，若分不清“系”与“权”，不知有许多家庭宗族是父系母权的，把“权”与“系”混为一谈，那还扯什么呢？

再说，“权”可以说是“制”，因为权有其制度面。但既名为权，就非“经”与“常”，充满了权变的动态性质。故由“权”说，其“制”又实非“制”。例如政治上三权分立，是制度，是名分。实际上，三权永远不会分立，行政权一定大于立法权和司法权。这才是真正的权力，因为只有握在手上的才叫权力。

父权制的制度中，也是有名有实之分的。女性主义者只拿着一个“父权制”的名称在那儿批之判之，岂中理实？

与此相关的，是财产权的问题。财产权其实又分所有权和使用权，两者不是同一回事。妇女的财产权有时看起来会不如男性，但由使用权，亦即支配权方面看就又未必。现代人常开玩笑说女人结婚后，“先生的钱是我的，我的还是我的”。指的就是：先生虽然名义上常拥有钱的所有权，妻子却常是家庭财产的主要、真正支配者；而她可另行拥有资产，也是众所承认的。古代情况亦复如此，例如嫁妆就是她私人财产，丈夫和夫家都不能染指；丈夫馈赠物亦然。

## 五

用这种理论来谈中国的父权制及古代妇女处境，除了上述诸问题外，还须注意女性主义面对的主要是资本主义。它的理论结构本来就源于马克思学说。

马克思主义文评者将文学之美学性质视为物质性的经济因素所决定，要人去理解那个因素，从而促进政治社会之转变。女性主义也是这一路数，只是把经济社会因素、阶级剥削替换为或加上了性别压迫而已。

可是这种压迫仍与经济因素及阶级剥削关系密切。故马克思主义的女性主义论者认为女人之所以被压迫，主要是因女人被排除在公共生产之外，女性的解放，也是无产阶级推翻资本主义工作之一端。

激进的女性主义者认为女性受压迫更核心的因素是父权制。社会主义的女性主义者则认为女性所受之压迫跟资本主义生产模式在本质上脱不了关系，是父权制和资本主义一同在压迫女人，父权制与资本主义是密切相关的（见 Pamela

Abbott、Claire Wallace《女性主义观点的社会学》第一章）。

然而，用上述这样的理论，去讨论资本主义出现以前（用马克思的历史阶段论），或根本与资本主义无关的中国古代社会，不是非常奇怪吗？扣合得上吗？

因此，结论是：对文学进行研究，不可避免会有史学社会的面向。可是在做这类研究时，一要加强历史知识，才能真正讨论历史社会问题。

二要深化社会理论思考，能从理论与方法上辨析所采理论之特点与限制，发展别的思路。

三则须善于参考日常生活经验，不能只活在抽象的概念化理论世界，明明男孩、女孩不一样，却要说女性气质是后天社会制造的；明明在家常闻狮子吼，还要说女人是宰制在家的性奴隶；明知男挑逗女勾引，是生活中存在的游戏，还要说成男主动女被动代表了权力压迫。

四是理论研究须与历史、社会事实研究相配合，利用实例来检验理论，再借理论来解释事例，相与校核。例如以中国宋代的笔记、史料来讨论女性之交游、职业、性态度等，即可以由迥异于西方的历史社会文化去揭露以往某些妇女史及女性主义理论的缺陷。

此外，还可做个提醒：从事文学理论研究，须有理论的素养，理论的素养却不是对理论流派的知识。

一个理论流派，其基本假设、信念、方法、预期解答、拟议之问题，都自成体系，构成一套知识。学习这套知识，讨论它，并用它来讨论事物，许多人以为就是从事文学理论研究了。其实，这只不过是学得了一套套装知识罢了。不是自己能思考、能进行理论思维。

有理论素养，和有理论流派知识之分，类如方法论与方法。学会了某一流派的那套方法，并不意味着足以进行方法论的讨论，甚或往往有碍其讨论。因为知道或信从该理论该方法者，有点像宗教信徒，只会反复复述其教义与咒语，反而不能从事宗教学式的探讨。故我们该增进的，是对理论的思维能力，而非对某个理论流派的忠诚和知识。

也因为如此，所以文学理论工作者才更要钻研各相关学科之理论，对各理论进行理论的思考。许多文学工作者，采用弗洛伊德、荣格的心理学理论，倚为方法，可是对整个弗洛伊德、荣格学说就不太懂，只兜售文学界中心理分析一派、原型批评一派之讲法，或摭拾诸君相关一二言语而已。对整个心理学界之理论状况，弗洛伊德、荣格在其中之位置与争论为何，亦茫焉不晓。许多人大谈批判理论、文化研究，可是马克思著作其实并未详究，亦是如此。做学问，进德不易，为学实难，此中是不能手滑偷懒的！

# 文化导师式的政商人士越来越多，你怎么办？

台湾的文学人文杂志《印刻文学生活志》双月刊，颇具影响，销行全世界。4 月份这期以我为封面人物，并做了我的专辑。其中有访谈一篇，主编想打破俗规，故命我自问自答。于是我耶非我、非我是我。形与神影相酢，稍仿渊明；樱桃竟答百果，遂如义山。

**非我**：别人的访谈都容易办，就你麻烦！《印刻文学生活志》要访问你，却根本想不出能找谁跟你谈，所以只好勉强我上阵。那，谈就谈呗。先说说你到底想做什么？大家虽夸你“博通三教、淹贯四部、兼涉九流”，可是太驳杂了，不知宗旨。

**我**：二十年前出版《云起楼诗》时，颜崑阳替我写序，已说我驳杂，像陆贾、董仲舒。我自己取法乎上，却还想上追先秦。希望能如孔子那样删述六经、行教天下。述，是传承；删，就有选择和创造性的转化。行教则是行道，想改善社会。

但我不喜欢悲苦型的担荷跋涉。佛家舍身喂虎，耶稣殉己救人，墨子摩顶放踵，我都做不到。避世独善，骑牛出关；或超然放逸，乘桴浮海，也不行。我是驻世翱翔的大鹏鸟，要逍遥于《人间世》，以《齐物论》为养生主。

哈哈，你要笑我夸诞得没边了吧！其实取法乎上，仅得乎中，我只是努力学着，看看最终能不能融合孔子、庄子，而成为老子那样的“博大真人”。

**非我**：志向远大没问题，问题是做不做得到。博大并不容易，须把驳杂之物融合提升起来，还要应付现代专业化的质疑。你何以选择这么一条路？很少人像你这样搞的。

**我**：现今强调专业、推崇专家，所以没人这么做，也不认同。可是我这样才是对的，因为生命本来就完整不可割裂。

我也没选择要这样，自然而然就表现为这样。反而现在大家分疆划域，各自瓜剖豆分着占据地盘，我觉得这才是人为的造作，乃技术工人之思维。

工匠以专技谋衣食，当然没什么不可以，但能做学问吗？中文系的教授，听不听西洋音乐、读不读西方小说、要不要懂现代经济？书嘛，比如《史记》，若不研究政治、经济、社会、天文、地理，如何看《天官书》《河渠书》《礼书》《食货志》？

博大与专精，也不是知识问题，而是活与死之分。活的学问，跟活人一样，只能是血脉贯通、肢窍完整的。

活的学问，才能真正精深。因为心活，又有其他各种“支援意识”协调辅助，故随便弄弄，往往就比专家强。

这点我最有经验了，哈哈，我常去各专业领域放炮，其城池都不牢靠，一轰就倒，所以谁也别自诩其专业性有多强。可惜大家不自反省，反而说我炫学、不厚道，又不肯深耕，放一炮就走。坐井观天，还不肯出来，真没办法！

**非我**：那你为什么要放一炮就走，不肯深耕？又为什么要去人家专业场子捣乱？

**我**：我不是孙悟空，并不想大闹天宫。本来“劳者自歌，非求倾听”，是听到歌声的专家们不高兴了，说我冒犯了权威、违背了该领域的共识，才逼我出来答辩。有时我觉得他们的共识只是“一犬吠影，百犬吠声”之结果，也会不得不辩。

这就涉及典范（paradigm）之问题了。现代学术典范，是“五四”以后建立的，我关注它如何建立，也想知道它现在还适不适用。

这几乎成为我过去四十年的一个“基源问题”，许多行为都由此展开。到各领域去质疑旧典范、试构新模型。文学方面，总结为我的《中国文学史》，跟胡适、王国维、鲁迅、刘大杰他们建立的旧典范迥然不同。思想方面，我《汉代思潮》《唐代思潮》《晚明思潮》《近代思潮与人物》，也是要除旧布新的。社会方面,《游的精神文化史论》《侠的精神文化史论》,同样是要打破费孝通以来的乡土中国范式,故从游士、游侠、游艺、游民、乡约、里社、会党等处着眼,谓水土相激才是我国社会实况,而长老礼俗统治、差序化格局云云皆不适用。中西比较方面,前辈学者多甚浮泛,如梁漱溟的"向前""向后"说,钱穆的"海洋商业文明""大陆农耕文明"说等;我《中国传统文化十五讲》另由言、象、数、字、体气、饮食、男女、封建、道术、天人、王官等处做细致些的比较文化分析。

凡此种种,辩的,主要是该学门的问题设定、基本资料与解题方法,而非细节。新蓝图、新方法建立了,新材料提供了,后面有人跟着做即可,我自然就不必在那儿恋战。最多示例地写些文章,结集成本书就好了,学问不必也不可能一个人做完。山谷诗曰,"痴儿了却公家事,快阁东西倚晚晴",我还得去玩呢!

**非我**:话虽如此,每个领域都不小,典范也是几代人费心建立的,你又好像从前并不做这个,一上来就说人家都错了,谁能服气?

**我**:是,我太憨直了,不懂得处世之道。

但学术嘛,本来就要不断推陈出新;替前辈们拾遗补缺,更是我们的责任。我不是他们的竞争者,是替他们服务的。

现在这方面风气颇不如古代。清朝王鸣盛死时,把

《蛾术篇》托付给迮鹤寿，结果迮大肆批其错误、补其缺漏、出言过分者则稍圆其说，家属深表感谢。现在却没人来谢谢我。

而其实现代学术这一百年很是可怜。所谓大师，铁布衫上多是破洞，我们应努力拾遗补缺。

如经学，康有为就很粗，章太炎也不深，逼得黄侃只好另拜刘师培为师，想学经学。二君却早死，其他人更无经学功夫。罗振玉是文字学、陈援庵是史学、陈寅恪是西方汉学、汤用彤是印度学，熊十力论六经，则学生徐复观、牟宗三都要跳出来反对，钱锺书更根本外行。文学，胡适不懂整个主流的东西；鲁迅讲小说而居然不懂戏，谈《三国演义》《水浒传》《西游记》《红楼梦》都把戏撇开了；王国维说“二重证据”，谈戏曲却只有纸上之考证；钱锺书只知诗，且是唐宋以后之诗，汉魏六朝都不能置喙；《管锥篇》倒确实是管窥蠡测，可惜推崇它的人偏要说它如何如何是大海；徐复观不懂书法，只由庄子和绘画去说中国艺术精神。宗教，更是现代学术开创诸公的短板或盲点，佛道就已经很陌生了，更不要说民间信仰和教派。

后来学术不断分科，毛病越来越严重，还比不上前辈们呢！哲学系不讲文学，史学系不讲哲学。像现在研究魏晋的，大谈老庄玄学、破除礼教，煞有介事，而其实完全没常识。不晓得魏晋是门第社会，最重礼教，是要经学礼法传家的；玄学更不指老庄，只是说一种谈学问的方法，用此方法可以谈经、说史、论人物。研究晚明的人，又动不动就说当时文学深受王阳明影响，情欲大盛。这不搞笑吗？懂不懂一点哲学呀？

专业造成的狭隘，如此可怕，所以我才要提倡通博。略补旧缺失、探索新未来。

**非我：**你这有点唯知识论。读了许多书的“两脚书橱”书呆子也很多！做学问，书固然要念，见识才是关键。何况谁也不能读尽天下书，你以此英雄欺人，我就不服。在我看来，思想的火花，反而常会被堆砌的知识盖住。文学人，重灵机，尤其不必用书本撑肠拄肚，严羽早就说过，诗有别材，非关书也。

**我：**说得好！说得好！创作当然以才气优先，但“读书破万卷，下笔如有神”也不是骗人的。就是严羽也说写诗要多读书、多穷理，方能“极其至”。

做学问，又与创作不同，知识结构尽量不要有缺口，知识上尽量不出错，乃是其基础。如何在此基础上综合提炼之，发挥其见识、驰骋其才华，再看个人之手段。

所以我强调的其实是思想，而非知识。只因现在大家连知识都还常欠缺，故我20世纪80年代起就提倡“文化、文学、美学”综合研究，近年在大陆也出版了《有文化的文学课》《有知识的文学课》等书。强调打开文化视域对理解文学的好处，既要多识草、木、鸟、兽、虫、鱼，读《兰亭序》和李白、李商隐、李贺、苏东坡也须懂点道教。

**非我**：可是社会文化终归是文学作品外部的东西。

**我**：这是“新批评”的偏见，我不以为然。文学研究只分析作品的审美价值吗？审美价值与标准就是社会文化定的呀。不同时代、不同文化圈，审美标准就不一样；甚至作品是不是文学，也会有不同的认定。

不过，我也不是社会决定论者，所以马派文评非我所喜。我更喜欢讲的，是文学性如何表现、延伸、浸润到社会各领域。也就是说，非以社会文化来定“文”，而是反过来，由“文”来解释社会的性质与文化的内容。《文化符号学》讲的就是这个。由“文字、文学、文化一体化”的角度重新为中国文化定性。

中国文化最大的特点就是“文”。不但有世上独有的文字体系，文字不再是声音和语言的附庸；而且真文开世界，历史和世界都要由文字开启：以礼义立国，以名教治世，以名学析物，以深察名号辨理，以文字为符箓通鬼神，以文学和书法为最高艺术，以“文”为帝王、官员乃至私人的最高谥号。同时，文学还建构着我们的知识系统，所以不同于西方的百科全书。《艺文类聚》《渊鉴类函》等无数类书的最大功能，即是帮助人写文章、并用文学解释世界。社会上最优遇文人才子，最羡慕文章魁首状元郎。帝王、僧道、妓女，甚至鬼神都要会作诗，居家也要过一种文人生活。西方的鬼会作诗吗？

所以，不懂骑士，你不可能了解欧洲；不懂武士，你不可能了解日本；不懂文学和文人阶层，又怎么能明白中国传统社会？

**非我**：我知道你写了《中国文人阶层史论》等。但这种“文学社会”消失了呀！“五四”以后，文学不再统摄包孕整个社会，它只是社会诸多事务之一。早先还可与史、哲、政、经、法、理、工平列，嗣后地位和重要性却越来越低。近来景况尤其堪怜，文学书刊印量、销量都在下降，文学议题在公众视域中愈见淡出，文学知识在整个社会中也已无甚影响，大家都在感叹“文学滑坡”了。

**我**：文学的活力不可能衰竭，只是形态在变！

现在写作及阅读之人口其实也未减少，某些领域还竟有勃兴之势。例如传统文学，大家曾以为它已死绝了，可如今附庸风雅、作诗填词者大有人在，诗刊、诗会，不断涌现。还有商界巨子斥资办研究院以助推广。骈文、辞赋亦大盛。某山、某水、某城、某景区，皆要找人写赋、写铭装点之。我自己于此更是深有体会。过去写旧体诗，作古文、骈文，只是自己玩，以显示一副逆俗的姿态。现在却以此获得不虞之誉，被夸说是文脉未断，还有人来赉金求稿，令人真正体会到文学环境的变化。

网上作品更多，类型写作亦各有圈子，写对联的圈、写玄幻的圈，各自热闹着，与通俗大众文化相扶而长。著名写手亦均为市场宠儿，圈粉无数。

过去我们由社会找原因，说现今都市生活形态、生活节奏、营销制度、政治环境、时尚潮流使得文学渐渐丧失了对人的吸引力；或由媒体的角度看，觉得影视、计算机、网络之发展，强化了图像化思维，文学阅读遂因此魅力不再。可是若注意到上述传统文学回潮、网络文学勃兴、大众通俗文学盛行诸现象，我们就不能说文学真已滑坡。

或许，比较恰当的描述，是五四运动以来所建立的新文学、现代文学体制，已产生了松动或正在瓦解。而整个社会的文学生产与消费却仍在扩大中。

传统文学、大众通俗文学，都是新文学所不认同的东西，不被纳入文学体制中。如今它们生机盎然，现代文学反而生机日蹙，就足征世变。

这可让我们反思出什么道理呢？

事实上，晚清本来就有大众通俗文学兴起之势。由西方引入的报刊及报刊编辑、记者、撰稿人等新文人形态，都与古代迥异。文学作品写给一般大众看，更与从前主要写给文人看不一样。消闲娱乐、八卦扯淡之风遂尔大盛。侦探、武侠、情色小说则占了大宗。

五四运动以后，新文学之崛起，其实就趁上了这个势。利用通俗文学之潮流与势力，反对雅文化，谥之为旧文学、死文学。胜利之后才再反戈一击，反对大众通俗文学，谥其为鸳鸯蝴蝶派，而自居纯文学。

此后，现代文学之发展基本上就是两路，一即上述有自居“纯文学”之路，强调为艺术而艺术，文学独立，表达自我，具有一种浪漫主义的态度，又与现代主义亲近。另一路则是所谓杂文学之发展，以鲁迅杂文为范例，认为文学仍有具体的政治社会功能。这一路很快总结为现实主义或写实主义。两者相与倚伏，此起彼落，遂形成九十年来新文学之大体景观。

例如20世纪50年代台湾现代文学的发展，较偏于前一路，反对文学之实用性、工具性，重视对人内在意识或自我之探索。20世纪70年代引起现实主义之反击，强调文学之社会使命。大陆则自延安文艺工作者座谈会以来，文学均与政治社会密切结合，到20世纪80年代才发展现代主义，讲文学主体性、重视文体及自我。

所以在20世纪80年代，大陆大倡现代主义、文学自主性，是有革命意义的。能与当时改革开放之整体社会文化形势相结合，甚至带动社会文化反思，挣脱社会主义、写实主义之格套。但现在，文学之社会改革意义早已让位给政论时评；而政论时评，却不被文学界视为文学。因为"文学"自20世纪90年代以来，又已以纯文学为范围了。发抒个体自我，追求文学审美本身之价值，远高于关心社会公众福祉。文学独立等概念，过去虽曾具有社会改革意义，如今却成为文学关怀现实之局限。

而现代文学之所谓文学性，又有什么价值呢？新诗之接受度越来越小，小说也越来越不好看。作家虽仍拥其桂冠，社会上却早已对之充满怀疑。否则你认为传统诗词辞赋，武侠小说、历史小说等大众通俗小说为啥会重新引起人们的审美兴趣?

文学之社会环境也很可注意。五四运动以后出现的现代文学，其实是一种知识分子文学，故它有既发抒自我又关心公众福祉的两重性。可是如今知识人阶层一方面分化，一方面弱化，均使此种文学难以发展下去。

分化，讲的是现代教育走知识分化之路，人文与理工早已分裂成两个世界。人文学中，过去以文学作为基本知识教养，如今也早已易位，政法商企之学生已无文学课程和需求。即使年轻人都想要获得这方面之教养，现代教育体制内的文学教育亦不能满足其需求，以致他们只能由网上或大众通俗文化领域中去找，进一步形成知识人阶层的分化。

弱化，则指的是知识分子面对政治时局，不再有“五四”时期、20世纪二三十年代，乃至80年代那种担当了。知识分子精神疲弱，故仅能在内在自我意识及形式美感中自娱自赏，对文学之社会环境默然以对。

**非我**：欸，知识阶层的变化，是个好题目，但我觉得你谈得还不够。知识人分化不能只在知识上说，还有社会结构和生活形态的问题。例如电视剧里的豪门恩怨、商场斗争，一看就知道是没亲历过豪门生活小编剧的遐想。文学人和学者，现在都有在政商科技主流圈子外自说自话或“对塔说相轮”的窘境，被甩在时代生活之外了。

**我**：是的！知识人不能自外于时代。然而现在这是什么时代呢？

过去，古尔德纳《新阶级与知识分子的未来》曾说，20世纪是个新的时代，因为商人和政党领袖已然衰弱，逐渐崛起的是一个新的、由知识分子和技术知识分子（technical intellgentsia）所组成的阶层。以商人、财团和政权结合的统治阶层，民众已不信任；而新阶级又不断成长，硕士、博士的比例持续增加。因此，政府已由技术知识分子占领，他们成为管理阶层，商业界也出现具有专业知识的经理人。

我觉得恰好相反。资本主义社会，商人的力量水银泻地，知识阶层早就被吃掉了。学校就是一个鲜明的例子。

学校，特别是公共教育的学校，是知识阶级的养成地。可是办学校是要花钱的。学校经费的来源是政府和财团，亦即所谓之旧阶级。而由旧阶级所豢养的机构，能培养出超越、独立、自主的新阶级及其品格吗？理论上是可能的，然而实际上谁都知道，戛戛乎其难哉！何况，出钱的政府和财团，掌控学校，要求学校承担他们交付的任务，为他们服务，早已成为惯例或“天职”。在这种情况下，学校焉能孕育出新阶级来？

大学内部，对知识的创造性兴趣，当然尚未灭绝，但媚俗性格越来越明显。以迎合商业体制炒作的时尚、流行、娱乐为开放，为进步；以配合政策及业界需求的论题及研究，来争取资源，越来越成为理所当然的事。大学的依附性格，比从前更甚。新阶级早已被旧阶级收编，成为金钱阶级的附从者了。

换言之，过去产、官、学鼎立，产与官有时还会听听学者的，想附庸风雅时也仍尊师重学。例如拜在“南师”南怀瑾座下，为其护法；或参加文化培训班，听听课；或赞助文化活动，作为学术后台。现在，他们自己就扮演着文化明星的角色，从背景走向前台。越有钱的企业家，越貌似思想家，对你的人生观、价值观、世界观指手画脚。你还不能耻笑他，因为你说的没人信，他讲，则大家点头称是。

**非我**：知识分子就毫无办法吗？也不然！因为商人扮演文化明星，讲文化、谈人生，终究只是扮演。且也不是他在说话，而是钱在说。一个时代，真能留下，真具有知识意义，真能作为时代指标的，终究还是得由知识分子来。

**我**：那当然。只不过知识分子就一要拿捏他与官和商的角色关系，二要看准时代问题。

知识人的官商关系，过去强调独立，现在怎么独立？人游走于政、学、商界，已成常态；政、商界人士几乎也都拥有高学历。所以三界随时转换、交叉、交融。学者、文化人只能倾向有价值的方面，而无法切割。反之，他还得利用政与商来达成文化目的。我这些年做点文化产业，介入新城市建设、景区规划等事，也即是如此。独坐书斋，自诩高蹈的时代已过去了，若仍然这样，只会被时代淘汰。

这是就行为方式说，若谈到行事的内容，则还要能认清时代的问题。

这几年，鲁迅的一些文章从大陆教科书中撤出了。鲁迅当然了不起，但他关注的问题，例如“礼教吃人”，现在还是问题吗？不，现在没有“礼”了，所以时代之需是复兴礼乐文明，于是鲁迅打倒礼教的某些文章便只能被撤掉。但他还没完全过时，因为坏人还太多了，故他的国民性批判仍觉犀利。又如钱穆先生，以中西文化之异同、是非、优劣为其核心问题，现在年轻人哪还问这个？牟宗三先生，纠结于传统文化如何才能开出民主、科学，如今问题也改成了已实践之民主如何完善。

诸如此类。学者常问的，一是永恒的难题，如天、道、性、命等老子、孔子、佛陀所谈的那些。永不过时，却也非社会之主要关怀。

二是他身处该学门中之问题，“典范”如何破，如何重建。事涉专门，别人插不上嘴，当然也不感兴趣。

三是别的国家或文化传统中的问题。例如现代艺术家常问艺术有无边界，艺术史之终结。这是西方式的问题，除非进到现代艺术语境或其圈子里去，一般人只会觉得是梦呓。

四是从前留下来的问题。传统如何现代啦，儒家是不是帝制的帮凶啦，如何以科学破除迷信啦，许多人仍把这些现代化的问题当成自己的，炮制了无数论文、学位、笔墨官司。但都是时代之外的蝉鸣，兀自聒噪，不知秋凉！

**非我**：那现在的问题是什么？

**我**：现在是媒体时代。政、商、学都须以媒体为中介，而媒体却又不是政、商、学之外的另一势力，乃是政、商、学的具体场域，就是它们，但胜于它们。媒体若揭它们的短，政、商、学界基本上都无力还手，常被轻易击垮。

媒体内部也在激烈竞争着，新媒体看来已渐渐要打垮旧媒体了。然而其实是整个媒体势力空前扩张，新武装和旧军团混搭作战，威力远胜于过去。过去是睡起吃早点看报，去上班，晚上回来吃了饭，开电视看新闻，看连续剧。现在二十四小时都挂在网上，手机不能离身。

这样的时代，现实与虚构交织交融，都是表演，也都是实时体验。人人参与，置身事内。点赞、评论捷于即席赋诗，新闻时事胜似小说、电影，亦穿插于小说、电影之间，因为小说、电影的主要播出场地，就是手机。上班不须出门，视讯、音频、外卖、人工智能；而银行、超商、工厂等许多地方更不需人去上班了。同时就也不用出门去K歌、听曲、玩游戏、逛商场，网上什么都有。

这个时代，论文就还须要化身成贴文，贴近读者，与他们的生活相关起来，以供随时摘用、转发、粘贴。

过去的论文，全靠术语、格式、文献堆积起来，饰之以故作高深的迂曲推理和模棱两可的所谓客观姿态。像年轻的医生，炫学，老开贵的、复杂的药，还装腔作势，满口洋文。现在，都得像老中医，几味小药，沁人心脾。否则谁看呐？

学界一些假问题，也渐要卸下它蒙上去骗人的老虎皮。

例如心灵修养的所谓毒鸡汤，过去可以风行一时，现在人人反胃，觉得不过是不肯解决问题的阿Q之词。企业管理这类学问，过去夸夸其谈，美式、日式、中式、*xyz*式；现在谁不知企业之秘诀只是权钱交易？真正的财务管理、决策模式，既不能说，管理大师便只能从外部分析大形势，或从内心谈修养，禅坐、密宗、阳明学、稻盛和夫、第五项修炼。而此类伎俩，今后还能横行？

我们文学人，也当警惕。语言得要更新了，未来必然是传统文言、口语、西式语言语法、当下语言的糅合。题材、内容则不能仍只写我及我所关心的问题，需有市场意识。因为读者反应论、接受理论之后，沟通伦理学、交流语文学必然愈趋重要。

学者，如钱穆先生那一代，只消静坐素书楼，人们遥想其风德，便穆然若有所会。数载才出一著作，以慰后学悬念即可。现在，微博、微信、脸书、公众号、朋友圈、视频讲课、音频说书，吹弹奏唱；还要带人游学，文博导览，会议咨询，论坛发声，联署宣言，主编丛刊。一个人几乎等于一大媒体公司，而学说还怕没人听。因为分众化严重，信息社会的信息又淹没或稀释了你的言论，逼得你不得不更加努力。

**非我**：有必要吗？躁动者皆因心不静，不用手机不上网的也大有人在。学者、文化人不必赶潮流，也不见得非要站在时代中心，做播音喇叭。你这些年奔波不止万里，建书院、办活动，忙得半死，对做学问不见得是好事。

**我**：是的，人生不能不面临抉择。孔子也可如庄子般“曳尾于涂中”，可他为什么不呢？那样做，他可能不安或不乐，所以他选择奔波。奔波辛苦，有多少效果也难说，但这样心下舒坦，觉得无愧师友，没浪费了这身学问。故形劳而心逸，心情特别平静，进德修业，跟年轻时相比，自觉反而还有点进境。

再说了，观世音不能只待在南海紫竹林，等人去朝拜她，她还常要化身卖鱼老妪去度化人。儒家也一样，山不来，你只能走进去。像荀子，一方面要在学界大杀四方，解蔽、非十二子；一方面要跋涉万里，去游说齐秦；还要写赋、写《成相杂辞》。赋向上，是给士大夫读的辞章美文；成相向下，可能是舂杵而歌，也可能是相声说唱，总之是曲艺谣歌，随顺世俗喜乐之方式传播自家见解。我近于他这形态。

**非我**：你自己高兴，别人也没话说，可是事情仍是要看效果的，你认为社会因你这样就改善了？

**我**：不是这样说。第一，人如江心之石，哪可能“江流石不转”？以上所说，只是时代变动中人们被动的应机、随缘而已。第二，时代之变，是众缘和合而成，个人在其中，本来就只占一小部分。社会之所以如此，非我一人造成；要改变，当然也非我一人即能使之变。第三，一个人力量虽有限，但学者却也不是没机会的。马克思说生产力和生产方式可让社会发生变化，却没想到真正让世界变化的，并不是经济基础，而是他的观念。从东欧到西伯利亚、到日本、到朝鲜、到中国、到东南亚、到南美洲，生产力和生产方式各各不同，竟都受其影响。此类事例，古今皆不罕见。有影响一时的，也有孔子、佛陀这样影响至今的。或流芳百世，或流毒万里。

因此，谁也不能说个人就不能转动地球。关键是我们的学问具不具有移风易俗、推动历史进程的潜能。

**非我**：嘿，人之患，在好为人师，看来你还是想为时代社会下指导棋的。这不能说你笨，只能说你是个好人。学者常被分为刺猬型和狐狸型，其实还有暖心肠和冷心肠之分。暖心肠的，像你，要自己好也想让别人好；冷心肠的，像我，就会说独善其身都极难了，哪就能兼善天下？有此奢想，反而常常害事。商鞅、韩非、柏拉图、马克思，原意也都是要治国济世，谁知实践的结果竟然如此。我们纵有热心肠，看看这等例子，也就都冷了。

**我**：聪明人都发财去了，谁做学问？既做学问，就会有超越的关怀。冷心肠，不过是失败者或失望者装出来的倔强罢了。被情人打了脸，只好一边捂着，一边说我本来也不想理你。

所以这跟爱不爱下指导棋无关。若从教人置棋的角度说，则我反而赞成你，要冷起心肠来，莫要教人。

**非我**：你可是办了一所又一所大学的，还被评为世界华人教育名家，为何心肠忽然冷了？

**我**：非也，我本来就如此想。孔子说了，天才不用教，太笨的又无法教。孔子是谁教出来的？佛陀又是谁教的？他们固然有老师，但基本是自学，然后才转益多师，三人行必有我师，随时向人请教。所以教育之精义就是反教育，不教，自学。

这是教育的第一原理。

教，有人以为是施教者对儿童洗脑，你觉得他该学什么，该如何学，一股脑地教给他。他不肯学则处罚之，肯学了就嘉奖。这是一般人教小孩子的方法，也是驯兽师的手段，是教禽兽的。

可是教人不能这样。《易经》说了："匪我求童蒙，童蒙求我。"不是我教童子什么，而是童子想学了，故来求教。跟吃饭一样。父母挖空心思给孩子做饭，满屋子追着喂他，而小家伙并不爱吃，以吃饭为苦差事。只有等他饿了，想吃了，才会求你弄东西给他吃。

孔子说"不愤不启，不悱不发"，《礼记·曲礼》说"礼闻来学，不闻往教"，均与此意思相同。后世书院也都这样。

可叹如今之教育只是摁着牛头逼它喝水，故父师劳而收效寡。既不能启发其求学之动机，又不理解并尊重其兴趣，结果童子皆怨，视就学为畏途。事实上，孩子不想学，你教什么都没用，牛头虽被摁着，总不肯喝水。

**非我**：可是孔子也说因材施教。施教，仍然是要去教的，怎能放任学生不管？

**我**：施教，是在“童蒙求我”以后。他真想学了，有兴趣，有动力，你就须呼应他，不可敷衍以对。故《易经》说：“匪我求童蒙，童蒙求我，志应也。”教者与学者，在这时须要相应和。

可是你要拿什么去应和他，满足他的需求呢？他是李小龙，你却教他别打了，回去乖乖做数学习题？

要知道，人都是不完美的。相较于庄子、鸠摩罗什、李白、李贺，我们都是智障；相较于盲人的音感、触感，我们也都是音盲、触盲……所以每个人其实都有某些方面的欠缺，须要补强。但从另一方面看，也不妨说每个人在某些方面也都各有长处，盲者善听、聋者善视、腿不便者善用手、无臂者善用脚。我长期关注盲胞，还当过台湾视障协会会长，接触到太多这类例子。曾看过一名无臂小女孩，能用脚洗菜、切肉、煮饭、开锁、梳头、写字等，甚至做十字绣都不用绷圈。李白说“天生我材必有用”，此之谓也。

认识到这一点，在教育上才能有教无类，因材施教，可以随各人之材性而令其各自成就。在对自己这方面，则也可以发展出学习的人生观，因为三人行必有我师。盲者、聋者、腿不便者、无臂者尚且有胜于我，可值得我学习之处，还有什么人不能师法，不能请益？

孔子就曾说过，他不是生而知之的人，只是好学习罢了。人的潜能无限，学习才能开发出我们还未开发的潜能。而潜能，常是由自己的缺陷处逼出来的。如禅宗六祖惠能之所以能发展出顿悟说，恰是因为他本来就不识字。不识字，便只能靠心悟，故知得力处适在其缺陷处！

缺陷处尚且可以发展出精彩的成就来，何况长处？此所以世上无不可成就之人，亦即无不可教育、不可学习之人。

这才是因材施教。如今的教育恰好相反，将教育分为一般教育与特殊教育（针对智障、视障、听障、行动障碍、情绪障碍……）。然后再在一般教育中分出精英贵族教育与一般人之教育；还要再分好学生与坏学生；国家正规教育与私人教育；等等。总之，不断切而分之。这是教育吗？

**非我**：那你是自学的吗？

**我**：是的！小时候，读完一年级，老师就拿了本二年级课本给我，说暑假在家自己看看就好，开学直接升三年级吧。自学之路就这样开始了。入学只是虚应故事，得自己另外找功课做。

初中的功课是打架习武。但没门派，没师父，自己摸索，四处观摩切磋，身上青一块紫一块，自己找医书炼丹药医治。再不然则去空手道、柔道、拳击馆打打。

上大学后，也有自己定的功课。大一写《庄子注》，大二写《谢宣城诗研究》，大三写《古学微论》，大四写《近代诗家与诗派》。这样每年大主题大规模写作，七八十万字，自己找问题，想答案，维持至今。认真想过的题目不下万个，牵斜勾连，遍及中国文化各个领域。从不跟风追热点，所以独造有得，自成一格。

学不通，自己想不明白时，则“童蒙求师”，请老师教我，或向朋友讨教。吸星大法，甚是贪婪。近作《龚鹏程述学》就记录了大量我受教于师友的情况，很怀念他们。

**非我**：是什么动力让你这样？

**我**：没什么呀，孔子说“好之者不如乐之者”，我乐在其中呢！你不让我读，不让我写也不行，会跟你拼命。

**非我**：那多闷哪，整天写！

**我**：不，学不只是读书。呼吸有学问，吃饭有学问，起居安乐有学问，山水娱情有学问，人际交往有学问，游艺书画有学问，观剧听曲有学问，怒怼世俗有学问，侠武任气有学问，冥想空玄有学问，渔樵闲话有学问，学问是无处不在的，会心不远，当下即是。生活并快乐着，转俗成真，就是学问，也才是我。看，这都怪你，问的什么题目，结果谈出来好像我是个老学究似的！

# 日记生活夜写歌

烟鬼都说戒烟最容易了，曾经戒过好多次。我写日记亦然，写而戒，戒而写者，无数！并不是无恒之人硬要做此须有恒心之事，只因为好玩，隔一阵，就得变个名目写着玩。

名目是随意取的。例如因在北京中关村办世界汉学中心，所以取张骞名号，称为“博望馆”。在北师大附近住时，地名小西天，斋名就叫作“如来藏”，有诗曰：“身存如来藏，家在小西天。吾庐虽芥子，廓然蕴大千。”住在清华大学时，则称为“栖德园”。栖德者，住德也；虽简素而我大雅能栖，自嘲、自谦、自夸遂都有了，岂不深谙古人命名之道乎？哈哈哈，其余亦多类此，而亦各有所记。把生活本身当成戏乐，对之漫语一番。

近几年，因厌京城喧嚣，觅到翠湖国家城市湿地公园的翠湖别墅住了。可是书越积越多，无法贮放，客径渐熟，酬应亦疲。乃访到湖边常乐村，辟一院子藏书，一院子藏我，颇以为足以避世常乐。江水长林，自娱我情。因而也写了《我净庐杂识》《拂霓馆琐记》《侠隐庐笔记》等。没体例，爱写啥写啥。

从前谢安、王羲之曾说“中年伤于哀乐”“正赖丝竹陶写”。我亦云然。所以忙则看山，闲则听水，或放唱片听戏，或自播电影坐对，或濡笔大篆“花有清音，我舞霓裳”于堂上。一时做耍，偶或录之。

这当然也不能冒充为日记。因为日记的正宗，出于自修自省录，人谱、功过格为其同枝，后来才衍为记事。我乃畸人，事无甚可记，过又多得记不来，所以只能记点日常琐屑。

底下录的，就是《我净庐杂识》中一部分。本来是要编菜谱的，后来却只成了由每天吃了些啥开头，然后略志日常的杂稿。进德修业，愧乎未能，而文章之道，似乎也来不及深究。

## 戊戌湖居，七月八日

昨在涵芬楼参与一书法展。开幕、举行座谈，并午餐后始返湖滨小院，蒸鱼，灼虾，煮鸡为食。今晨故遂吃鸡汤面耳。

族人托写之龚氏宗祠匾及联，则已由司机小刘寄出，另写一纸曰“我净庐”，盖将以为门匾也。佛氏宗旨，在天竺者，曰“苦”“寂”“灭”“道”；在吾国者，曰“常”“乐”“我”“净”。顷迁居于此，则正常乐村也。天然名目，即为我设，故遂以名吾庐。

今兹无事，即以此名义起笔作日录，杂识琐屑，以饮食发端，不亦快哉耶？日食三净肉，夜喝一担水，湖畔野叟，生涯不过如是。

午餐则红烧鱼鳔、葱爆牛肉、冬瓜海带汤等。

## 七月九日

五谷粉。取核桃、黑芝麻、黑米、黑豆、桑葚为之，近日商家推广养生者所为也。

早餐食此，近午便饥，乃又命厨娘取红豆薏米粉泡之，并煮牛肉面。而一清对我所记颇不谓然，曰：“饮食之人，无足轻重矣！昔张大千好晒菜单，彼能治庖，又能提调，往来宾客又皆雅人、高士、巨贾、名宦，君何有其一哉？日津津道饮馔，不过楼头数行客而已，何用费此笔墨？”实则不为无益，何遣有涯？厨人谈艺，固自与食客殊趣；此中闲笔札，亦正有赏味于甘辛之外者，何必与前辈较短长耶？

午餐后，一清约按摩师来按摩并艾灸，又艾熏。合宅各处烟气孔甚。夏湿中恐不能不有此，否则虫霉将滋矣。

因与略话古今艾事。颇疑艾灸虽久远成俗，而书画中涉及者犹少。如李唐《灸艾图》者，实不多觏。其余诸医术亦然。如针灸，针灸之术虽传之者广、用之者繁，书画中斯罕见焉。

台北故宫博物院举行“杏林春暖：养生医疗趣味书画展”，亦仅有《八段锦册》《神仙起居法》《黄庭经》《烧药图》《肾气丸帖》等，而不及针刺之道。可见笔墨记录时世，几于网水兜沙，能捕捉者罕也。

针灸尚且如此，其他秘技愈不堪问。昔在蓉城，筋经门王庆余先生云其师欢喜道人李杰，能以折柳为人续胫骨，彼未获其传。

此法旧尝见于《伤科补要》，世间用者，又辄有验。则是流传亦必久远，然无图录歌咏及文人书画为之记述，遂就湮灭。不见信于西医及现代医家，斯可惋惜也矣！

因述八段锦，又忆某次餐宴，国家体委某君云：曩时推广武术，予以体操化，如太极拳二十四式等，均已风靡全国。今国学既热，传统文化发扬之政策既启，彼等亦不敢落人后，已制作八段锦视频，将再予推广于全国乃至世界云。

出其所制视频令我拜观。观之，乃大惊曰：“竟无呼吸耶？八段锦而不与呼吸嘘吁相配合，尚能称为中华健身法乎？西洋体操，运动躯干，远胜乎此也。”彼不怿，曰：“若然，将来再配即是。君太固执，不能与世界接轨矣。”遂不欢而散。

## 七月十一日

台风横扫台湾、福建，而北京亦霾雨数日矣。云又将作大雷雨，所贮铁棍山药皆霉出芽，于北地殊罕见也。阴冷如秋，故令庖人烙饼来吃，生涯亦不甚恶。

盖此地僻处北京郊区，虽元时车驾必经于此，而村鄙乡野，聊为皇家作业补给之区而已。今故宫将来此建立北院，亦由此渊源故。地名皂甲屯，《昌平外志·河渠考》讹为造甲屯，并与亮甲店、西苑挂甲屯，合而附会为杨家将造甲处，实则皂角耳。元曰皂甲，明曰皂角屯、皂角铺。

近水，可以植稻，遂为京西水稻生产地。北京麦多稻少，故稻香村、稻香湖、稻香园，皆以稻花为意象，而生产主要在此。四五月，尚有千顷油菜花为之铺垫，赫然为一胜景，游人可以勿下婺源云南矣。

此外尚有贡李。又有崔家窑者，故宫琉璃瓦烧办处也，以是知此殆为旧时宫中后勤补给之地。王公大臣别业或以是往往有之，若纳兰性德渌水亭即其一也。

考明珠自有自怡园，在畅春园侧。王湘绮《圆明园词》“陂陀先起畅春园”自注云：“康熙中，始建行宫，以帝者不居，但名曰园。或曰因明珠废宅而饰之也。”则是园交康熙而或自移于皂甲屯耶？要之，纳兰性德久居此间矣。有《渌水亭杂识》行世，其诗云：“野色湖光两不分，碧云万顷变黄云。分明一幅江村画，着个闲亭挂西曛。”则景致正与今日无别。

河北支，源于西山上方寺、龙泉寺，南支源于寨口村，交汇于西马坊村，而流衍入昌平温榆河。余所居，即此交汇处也。长河一碧，萦回漩洑，销炎景，收凉飔，集湘云楚水蜀鸟吴花之胜，而无虬螭怒跃、哀蝉呜咽之感。静雅适畅，得未尝有，似犹愈于当年纳兰佳公子锦裘怒马倾游时也。

## 七月十二日

雷雨稍霁，令厨娘制大肉水饺为食。

据说明日仍雨。北京之雨已如此，川楚可知，尽泽国也。蓉城颇有人以挖出李冰所厌胜之镇水犀为说。盖亦无可奈何，不得不以此为言耳。

某出版社欲出我《国学私言》与《美学艺术学笔记》二种，毕。方拟寄出而忽以事沮，且俟明日。计今年开春以来，屡有编书出书之议。而进度实甚缓，此两种亦不知今年果能面世否？《龚鹏程述学》一稿已寄台北印刻出版公司，则尤冀其能及早绣梓也。

## 七月十四日

午后往中国国家博物馆观展。新鞋打脚，无奈，只能拎鞋徜行。不料竟道逢数人来殷勤打招呼，应答间颇为尴尬。

晚邀诸师友来宅用餐。所备者，葱烧海参、鱼翅羹、乌鸡汤、白灼虾、青茄牛腩、萝卜炖羊肉、烤鸭及素菜数品。酒则茅台一瓶，后皆改试我妻自酿桃花酒矣。去岁办汉学大会时所制，迄今年余，故醇厚可喜也。

徐秀荣校注《红楼梦》，昨已由台北寄到，快读若干。……某君邀我往赴武夷，与佛教协会学诚、道教协会李光富会讲。夫三教讲论，始于唐代，后渐寂然，今可恢复耶?

## 七月十六日

夜中雷雨大作，轰鸣尽夕，晨起则暴雨如注。坐庭外听雨。

闻此数日雨涝，已伤亡甚多，天威殊可畏也。明且有台风，心情寡淡，唯煮面食。

## 七月十七日

晨起，雨又如注，赶往北大治贝子园，讨论运城关公文化节如何筹办事。

为建议数事：一、完善祀典，恢复佾舞；二、制作纪录片，赴台湾摄录崇奉关帝礼俗，渐及港澳地区和东南亚各地；三、办理学术论坛，广邀海外研究有素之学者与会，以开拓视野；四、举行各地关公戏汇演；五、征集文献，若乩书宝卷等，并各地庙志会所记录碑刻之类，汇为宏编，以开研究风气；六、亦可再拍制电影电视片，以谕众易俗。凡此，皆当为之事，不知彼处果能实践否？

谈毕，即在农园学生食堂聚餐而返。菜皆草率，应酬而已。

与一清看披头士列侬纪录片。其与小野洋子之结合，甚堪玩味。

夜宴诸友，忽得台北友人信，云杨国枢先生逝世。先生于“中研院”副院长任内，应我之聘来佛光任教，与北大、台大合办心理学大会，贡献良多。遽闻噩耗，不胜感伤。

## 七月十八日

今食饼。

发《汉语文化学之历程》一文于公众号：龚鹏程大学堂。川大符号学中心及关心符号学者多求转载。吾于此领域，自谓武库森然，而可惜不能多谈，此后仍应稍稍整拾腹笥，出晒甲兵。

## 七月十九日

连日暴雨，不知何故，溽热亦难当。昔何子贞在西湖，亦酷热，云“湖水如沸”。今则幸好临湖略见清凉，城中则正桑拿天矣。

《墨子校注·序》已草毕，交秘书打字，唯纵论甚不能尽意。序体宜然，终不能效梁任公为人作序而居然自成一书也。

蒸花卷为食。

## 七月二十日

晨赴中国国学研究与交流中心审查研究项目，其间众议咸同，选择国学中心展陈数字化设计一案，盖符时需也。然国学中心本身定位及功能到底为何，其在文化和旅游部中又居何地位，则尚在讨论观望中。如此延宕，殊不可思议也。

由城中归来，溽热无食欲，但喝紫菜鹌鹑蛋汤而已。

## 七月二十一日

湖南石门县顷有高姓夫妇构建逸迩阁图书馆，购文津阁

《四库全书》一套，命我题其额，故来商量。据称其馆藏方志达一万五千册，湖湘荆楚文化书籍五千余种，则地方小馆不可小觑也。

餐，则近日宴客已惯，炖乌鸡，蒸鲜鱼，烫活虾，炒蛤蜊，一牛一羊外加素菜数品，宾客似颇尽欢。唯某君过饮，不慎摔倒，眼镜跌破，腿亦磕伤，虽无大碍，亦小遗憾也。

## 七月二十二日

久雨稍晴，忙教小厮烘晾衣物，否则霉损矣。

年首尝辑旧时评述时事之文若干，交台湾花木兰文化事业有限公司。校样顷已印出，邮来，略校之。当年蒿目时艰，不免屡兴建言，而实皆无聊打水漂耳。自惜心力，犹自捡拾则痴也。

晚与一清看智利诗人亚历桑德罗·佐杜洛夫斯基传记电影:《诗无尽头》。计此数日已看法国瓦尔达及香奈儿传记或纪录片，智利片《追捕聂鲁达》虽似剧情片，亦传记类也。中国无此等人物，亦无此类影片，皆可发人深省。

## 七月二十三日

评论时事之稿，暂名《龚鹏程与我们的时代》，今续校之。雨余山青，风来媚人，盛夏中得此不易也。

读毕加索图画册。此君名高，而其实不符。旧时尝读其画旁小记，故私以为彼当为诗人，不当作画，晚期作品尤仅似塔罗牌耳。

雨湿虫出，命人来消毒除虫一过。

## 七月二十四日

往伦敦出差数日。

## 八月二日

随笔旷佚数日，盖赴英国后又转长沙，任国学大赛评委，遂与岳麓书社诸君盘桓酒食。觅一民居红烧狗肉，又觅一永州店辣煨毒蛇，乃返北京。

在北京，则邀某君至宅中便餐。继而杭州一电视台来我小院拍摄作揖礼解说节目。

抱拳作揖，自周朝以来士庶通行，最便民用，顷则久不施为矣。民元时制，以脱帽为礼，今则但效西人之握手贴颊耳。影视作品，无知妄作，又或以两手平伸，拇指对竖为作揖，或以少林武师抱拳立掌者为揖礼，均不确。若吴道子画《先师孔子行教像》，则叉手也，非拱手作揖。因为略说之。

其礼，始于东晋，殆染胡风，故与揖异。直立不盘折，手指竖伸，而以左手握之，置于胸前三寸许，并不推出，亦不举上，不环揖。《韩熙载夜宴图》等多有此形象，唐宋时常礼也，然不应与揖礼相紊。

录毕，而友人又至，烹鱼煮酒以为欢，不觉夜阑。

## 八月三日

黄苗子《艺林一枝·序》举八大山人事为说云，20世纪60年代为李旦所误，以八大早年为僧，后又为全真道士，创建并主持南昌青云谱。后乃知民国九年（1920年）出现之《江西青云谱志》系窜改康熙《青云谱志略》而成，朱道朗非八大山人，故于1990年起改作八大年表及传记。

按：余始至南昌，友人导往青云谱游历，甫入门，即知该地设名“八大山人纪念馆”为虚诞矣！何则？地乃忠孝净明道院，与八大焉能有关？今人不知宗教事，故胡乱攀扯，考证亦费劲，遂致辩不胜辩。三十年来，如黄苗子之叹，悟今是而昨非者日夥；吾之辨正亦刊文已久，然地方政府依旧弗改。近且斥巨资建豪宅以贮藏所谓八大遗物，踵伪叠谬，浪费财力，且贻误后昆，真莫可奈何也。

## 八月四日

看日本电影《西鹤一代女》。虽与小说大不同，而改编亦不俗。红颜沦落事，而可见彼时日本社会各阶层情状。晚试火锅，然但涮煮青菜而已。

## 八月五日

上午看徐克《刀马旦》，晚看大陆旧戏《李双双》，曩时电影多有不及看，不能看，或欲重看者，今在家中自放播于壁上观之，殊自得其乐也。

读《武汉图书馆馆藏古籍善本书志》竟，小馆而《志》颇不恶，出乎意料。考证用心，参考材料亦不枝蔓，而论案不苟。读其馆长序，知当时古籍部青年研究人员自任其事者。执着可贵，无怪乎颇有锐气也。

午吃水饺，晚则烩海参。

又晨起尝作《摩诃般若波罗蜜多心经》抄件，取汉瓦旧拓纸为之，自以为较雅饬，无宗教相，故或稍能不令人厌。

今日龙泉寺方丈学诚法师颇涉桃色纠纷，遭举报性侵、性骚扰女众，又侵占周边土地，形象大损，宗教愈遭人嫌矣。

忆昔汤一介、乐黛云伉俪尝佣车载我往游凤凰岭，拜会某女士。女士方在该处辟一画室，绘画并经营唐卡，龙泉寺亦由彼盘下，修葺甫毕也。汤先生意在为余觅一道场以办书院，而某则虔诚居士，属意佛用，故不契。

此后余亦未再访其地，但知其委交学诚法师住持，香火日盛、声望日隆而已。今则如此，夫复何言！寺中龙柏不知尚无恙否？

## 八月六日

观《桃花扇》电影，结尾以侯方域入仕应考，李香君悲愤撕扇，香消玉殒告终，与孔尚任原本不同。昔年以“演才子佳人暗讽时世”挨批，真不可思议。

中午食羊肉泡馍，晚则小米粥而已。

## 八月七日

今赴国图，参与国图收藏我著作之典礼。由张志清馆长主持，大连张本义馆长、山东李西宁馆长，皆远道莅会。

会后驱车返，在我小院便餐。席间张先生云：“女人都嫌胖、都减肥，但哪个男人会喜欢瘦骨嶙峋之女郎？”俊语解颐，惜世上又岂有能听男人言之女子？

## 八月八日

李霖灿《中国美术史》拟出大陆版，出版社送来命读，以便介绍。先生此书其实不待揄扬，习美术者无不知之。今再读，则微惜其毕竟限于美术观点，故叙工艺者为多，且以画史为最所关注，书法篇幅便甚少。虽然，无损其为名著也，入门之善阶。晨起读竟，并补写《心经》一纸。

## 八月九日

我助理小魏言南京大报恩寺人事改组后，又来邀我往主持“佛顶骨舍利由牛首山暂返报恩寺”之论坛。故彼往商量之。

考报恩寺舍利，起始于康僧会时奉献孙权之所谓“感应舍利”，其后乃有玄奘法师舍利及佛顶骨舍利等。所谓感应舍利者，非人体火化之遗，但因事感，应缘而生耳。康僧会所示，为史上第一例，且首见于江南，然尔后其实亦辄有之。

如余今所住为常乐村，而辽时便有《永乐村感应舍利石塔记》，沙门志才所撰。云舍利本系如来之身首，然后世或戒坛讲说、读诵焚香、雕刻木像等，亦尝有舍利感而生现。该村邑社善信，曾以草为骨，纸为肉，彩为肤，造释迦涅槃卧像一躯，具仪荼毗，火灭后，而得舍利十余粒。后更为之，亦获舍利五十余粒，因起塔奉礼焉。

又大康六年（1080年），《井亭院圆寂道场藏掩感应舍利记》，沙门普瓌撰。云尉州延庆寺，尝写卧如像一躯，荼毗之后，获舍利二千余颗。或如圆珠，或同胡豆粞，大小诸色各异。斯亦感应舍利也，当时舍利信仰必极盛，故若该地无缘得获真舍利，遂不免以此法致诚心，以求有感应，画饼充饥，而竟真有所获，亦云奇哉！

其他如《燕京大悯忠寺观音菩萨地宫舍利函记》云“化檀那近百千家，获舍利余一万粒”，则竟是家有收藏，蔚然成俗也，足觇盛况。

其中并有佛牙，见耶律兴公《创建静安寺碑铭》。云尝“得佛牙一颗，大逾方寸，牙上得舍利七百余粒，若珂口之质，宝坛光射”。此在辽大宁城，《热河志》曾记其寺址，而牙则久无消息矣。

沙门志愿《仙露寺葬舍利佛牙石匣记》，另载一牙，则曰“达摩禅师远涉流沙，登雪峰，得释迦舍利辟支佛牙，授与先师。先师讳清珦，闽川人。自会同五载仲秋赍舍利佛牙到此”。

此寺在今北京市，而函中舍利已失，且与八大处所存者不相干，斯来历与去处并成谜也。

至于佛顶骨，沙门行鲜《大辽涿州云居寺供塔灯邑记》曰：“昔有高僧，从西土来，之于此地。遂开左臂，取出舍利二粒，乃释迦如来之顶骨也。传授数人，椟而藏之。”后寺每岁上元，皆供灯聚众，以为法会。

而此佛顶骨，与报恩寺出土者，渊源异同则难知矣。当年挖掘论证佛骨真赝时，亦尝考校此北地辽史习俗乎？吾不知也！

总之，舍利乃信仰事，真假固亦毋庸深究，偶因报恩寺事，聊复言之耳。辽时佛教特色之一，为经文崇拜，云居寺石经及无数经碑可证。特色之二，即舍利信仰。惜今皆少人申论之也。

昨夜盛馔，今遂简素，潦草度日。

## 八月十日

夜与一清看嘉宝《瑞典女王》电影。此女王，亦脱去皇冠，自逸汪洋者。又看西班牙斗牛历史纪录片，以斗牛有助体会当前艺术界之动态雕塑也。

# 我溶解了宋文化的伪装

2020 年 2 月，媒体说，宋代文化研究依然备受西方学界瞩目。

因为列文森图书奖（Joseph Levenson Book Prize）揭晓，这是美国亚洲研究协会为纪念汉学家约瑟夫·列文森而设，奖励在美国出版的研究中国历史、文化、社会、经济之学术著作。此外，该协会还设立了亚洲研究杰出贡献奖，奖励中国研究学者。今年，美国华盛顿大学历史系教授、宋史学者伊沛霞（Patricia Ebrey）和匹兹堡大学经济学和历史学教授托马斯·罗斯基（Thomas G. Rawski）获得亚洲研究杰出贡献奖。其中著有《宋徽宗》和《内闱：宋代妇女的婚姻和生活》的伊沛霞也曾获美国历史协会终身成就奖。另外，魏嘉丽（Lara C. W. Blanchard）的《宋朝的向往和渴望：中国绘画和诗歌的性别与内在性》（*Song Dynasty Figures of*

*Longing and Desire*：*Gender and Interiority in Chinese Painting and Poetry*）获20世纪前列文森中国研究著作奖，魏淑凌（Sasha Su-Ling Welland）的《实验北京：中国当代艺术中的性别和全球化》（*Experimental Beijing*: *Gender and Globalization in Chinese Contemporary Art*）获20世纪后列文森中国研究著作奖。

媒体说宋文化研究依然备受西方学界瞩目。甚是！但为什么谈宋代的书会跟讨论当代艺术的著作放在一起？

除了性别、内在性、全球化这些新标签之外，这会不会也回应着一个老话题呢？

因为宋代在我国文化史上的地位，曾是早年钱穆、陈寅恪他们热门的话题。20世纪30年代，北京大学即开设宋史专题课程，现存一份北大中国史试题中还问："两宋学术超越前代。试就理学、朴学、史学、文学四事，述其贡献之大纲，并评论其创造力。"可见当年风气之一斑。

近年罗小虎专访余英时还说，钱穆先生的《中国近三百年学术史》主张清学为宋明理学的一个发展。而陈寅恪先生在《邓广铭〈宋史·职官志〉考证·序》中说，"华夏民族之文化，历数千载之演进，造极于赵宋之世。后渐衰微，终必复振"。又说，"将来所止之境，今固未敢断论。惟可一言蔽之曰，宋代学术之复兴，或新宋学之建立是已。"可见钱穆先生和陈寅恪先生都致力于建立新宋学。

显然，这个话题目前仍有"当代性"，且在美国延烧。

## 一

当年陈寅恪对宋代文化特有会心，或许受了王国维影响，或至少两君在此意见一致。

王氏在《宋代之金石学》中列举了宋代在文化创造上的种种傲人的业绩，然后写道，“故天水一朝人智之活动与文化之多方面，前之汉唐，后之元明，皆所不逮也”。

陈寅恪则早在1919年留学美国哈佛时，就驳斥过一般人认为宋代是“衰世”的看法，说“宋元之学问、文艺均大盛，而以朱子集其大成。朱子之在中国，犹西洋中世之Thomas Aquinas，其功至不可没。而今人以宋元为衰世，学术文章，卑劣不足道者，则实大误也”。

到了1943年作《邓广铭〈宋史・职官志〉考证・序》时，他又对此特加强调。认为：赵宋文化乃是华夏民族文化发展的最高成果，处于无可置疑的顶峰地位。赵宋文化又是今后我国文化发展的指南，我国民族文化的更新，必将走上宋代学术之复兴，或新宋学之建立的道路。到了晚年，1964年，他仍然坚持，“天水一朝之文化，竟为我民族遗留之瑰宝。孰谓空文于治道学术无裨益耶”？

为何陈先生对宋文化如此情有独钟？西山缥缈七十二峰，有看没有懂。因为他这只是“断言”而未“论证”。

据王水照的看法，陈寅恪的宋文化观可能与内藤湖南有关。内藤于1910年发表过《概括的唐宋时代观》。陈氏是否读过内藤氏此文，现已无资料查证；但他看过内藤氏的《蒙古开国之传说》则是可以断言的。因陈氏的《〈彰所知论〉与〈蒙古源流〉》（1931年）一文中曾引用过。《蒙古开国之传说》原载于1913年《艺文》第四年第十二号，但陈氏所见者为1929年日本弘文堂出版的内藤氏史论集《读史丛录》。《概括的唐宋时代观》是内藤氏的一篇影响极其广泛的著名论文，初刊于1922年《历史与地理》杂志第九卷第五号，后收入内藤氏的另一史论集《东洋文化史研究》，此集与《读史丛录》是前后相衔的。种种迹象表明陈寅恪极有可能看过《概括的唐宋时代观》一文。

内藤在《概括的唐宋时代观》中指出，“唐和宋在文化的性质上有显著差异：唐代是中世的结束，而宋代则是近世的开始”，“中世和近世的文化状态，究竟有什么不同？从政治上来说，在于贵族政治的式微和君主独裁的出现”，“总而言之，中国中世和近世的大转变出现在唐宋之际，是读史者应该特别注意的地方”。

但我认为陈寅恪并未使用唐宋对比的方式来论宋文化，也未界定宋文化为“近世文化”。故陈氏虽可能看过内藤此文，要说曾受其影响则甚为牵强。

王水照《陈寅恪先生的宋代观》另猜陈先生是因为“宋代文化正是最充分地体现了他的‘中体西用’、以中国文化为本位的文化理念、独立自由的治学宗旨以及崇尚志节的文人品格的一种文化类型”。故特别推崇宋代。

所谓宋人具气节，是他对宋代知识分子的评价。所谓宋代有自由治学精神，是说宋人能突破汉学“传不破经”之戒律，以己意说经。所谓中体西用、中国文化本位，是说陈氏认为宋人吸收了佛老而又不失中国之本位。此种成就，足以作为“五四”新文化运动后中国面对西方文化之参考。

这三点，我都很不同意。

一、宋人尚气节，固多例证，但相反之例，同样也不少。若说整个时代均以气节相尚，则两宋又未必比得上东汉。以此推崇宋人，令人不明所以。何况宋代党争攻伐之烈，几无是非可说。士大夫知识分子之行事与气量，有待改善之处，恐怕还不少。

二、汉儒说经，乃至六朝隋唐义疏，“传不破经”云云，本来就是后人之误解，从来没这回事（详见我《孔颖达〈周易正义〉研究》）。古人既无此戒律，宋人又如何打破它？且宋人之以己意说经，非打破传统，乃是另造了一个传统。故伊洛渊源、道统传承，门户未必不较汉儒之讲家法、师法者更为森严。再者，元祐有党人之碑、理学遭伪学之禁，学术自由之环境也是谈不上的。

三、至于说吸收佛老而不失本位，陈寅恪屡屡言之。其实先生之长唯在考证，对此思想之大势，并不能掌握，所以谈来颇为粗疏亦多错误。

老庄甚或道教，根本不是外来文化，怎能与佛教混为一谈？可是先生一再混言，说“凡新儒家之学说，几无不有道教，或与道教有关之佛教为之先导”之类荒谬的话，并以此为吸收外来文化之证。

关于佛教，则说宋人“采佛理之精粹，以之注解四书五经，名为阐明古学，实则吸收异教。声言尊孔辟佛，实则佛之义理，已浸渍濡染，与儒教之宗传，合而为一”。

可是宋人到底吸收了什么佛教义理之精粹呢？三法印、四圣谛、十二因缘、缘起性空、万法唯识、业力流传、止观、法界观、一念无明法性心，宋人注四书五经时，用了哪一项？以上哪一点已与儒教宗传合而为一？

这是不懂佛教义理的人，看到佛家讲心讲性，宋儒也讲心讲性，就以为宋人是援佛入儒、吸收异教。实则蛾蝶、猫虎，形式上的类似，岂遂相同？何况，佛教中国化，由南北朝到宋代，经历了六七百年，其儒家化多么严重！现在倒过来说儒家偷了佛教的东西，岂非盗诬主人？

再说，宋儒之学，重在四书，对五经注解本来就不多，注五经时又用了什么佛理？

此外，尤当注意者，为陈先生所主张的“中体西用”是非常怪异的。大家都知道“体”“用”指的是“本体”与“作用”，两者是一事之两面。可是，陈先生在《四声三问》中却说：“宫商角徵羽五声者，中国传统之理论也。关于声之本体，即同光朝士所谓‘中学为体’是也。平上去入四声者，西域输入之技术也。关于声之实用，即同光朝士所谓‘西学为用’是也。”这就胡扯了。“宫（do）商（re）角（mi）徵（Sol）羽（la）”讲的是歌或乐之音级，“平上去入”是说话时的声调，两者根本不是同一范畴的东西。Do如何以平上去入为用？陈先生对“体”“用”之理解，殊属昧然。

换言之，推崇宋代文化者，近人以陈寅恪先生最为知名、最具代表性。但尊之不以其道。所推崇的理由，全非宋代文化之真相貌与真精神。

这就好比去寻仙，古之道士入山，都要佩戴一种“五岳真形图”，才好确定仙人住在某山某岭。陈先生要登光明顶，却摸索到缥缈峰去了。

但这也无妨。复古这件事，并不问其是否合乎真相，要知道的，恰好就是：虽非真相而为复古者所心向往之的地方到底是什么。

## 二

陈寅恪之向往，刚好与胡适不同。胡先生是向往文艺复兴的，在其英文专著 *The Chinese Renaissance*（《中国的文艺复兴》）中指出：中国唐代以后、五四运动以前，已发生过四次文艺复兴：禅宗的产生，代表中国文化第一次复兴。宋代新儒学以世俗哲学取代中世纪宗教，可看成是第二次文艺复兴。明代戏曲与章回小说兴起，对爱情与人间生活乐趣坦然颂扬，可称为第三次文艺复兴。清代朴学对理学反抗，在文献研究上带来重视证据的新方法，是第四次文艺复兴。

胡适早期做过古代哲学史，后来提倡“整理国故”又带动起了上古史研究风潮，可是唐代以后的“中国文艺复兴”显然才是他所真正注重的。后期研究也集中于此间，如禅宗史、章回小说考证等。

其中，大可注意的，是他认为程朱格物穷理的哲学精神，发展出了“可行的科学方法”。在价值系统上，有着与近代西方科学同样的怀疑精神，只服从证据而不轻信权威；在方法上，要求每个理论，每个语言学的观点，每段历史陈述都要有事实依据。

故经宋代文艺复兴之后，中国在宋以后八百年的历史中，确实已养成了一种“科学传统”。未来年轻一代，只要吸收西方理论，养成实验习惯，掌握运用精密仪器的技巧，摆脱古老习惯的无意义的抵制，科学文明就能在中国传统文明上继续生长。因为，科学即“系统的知识”，原是中国格物穷理思想的合理发展。这一套，即是胡适的“新理学”。

宋代文艺复兴之前，禅宗的文艺复兴，据胡适看，则是中国思想对印度思想的革命。犹如基督新教对原先天主教的革命，废弃了一切仪式、礼拜、忏悔、念经、念佛、寺观、佛像、僧侣、戒律等。但如此还不够。南宗禅更进一步，连禅定也废除了，“当日南北二宗之争，根本之点只是北宗重行，而南宗重知。北宗重在由定发慧，而南宗则重在以慧摄定。故慧能、神会虽口说定慧合一，其实他们只认得慧，不认得定。此是中国思想史上的绝大解放。禅学本已扫除了一切文字障和仪式障，然而还有个禅定在。直到南宗出来，连禅定也一扫而空，那才是彻底的解放了”。

说得很有意思。但如此论唐宋，真是齐东野语！以慧为知、以定为行，已是大误；谓南宗以慧摄定便是不坐禅，不要禅定，更是笑话。胡适研究过禅宗史，竟对禅宗如此隔膜，不知禅宗仍有丛林，仍有寺庙，仍有戒律，仍有清规，仍有礼拜，仍有忏悔，仍有仪式，仍有经典，仍立文字，实堪骇叹。

他对宋代文化的评价，也同样是河汉其谈。宋人之格物致知，根本不是科学实证的方法，所以伊川尝言，“格物者适道之始，欲思格物，则固已近道矣。是何也？以收其心而不放也”。“格物穷理，非是要穷尽天下之物，但于一事上穷尽，其他可以类推。至如言孝，其所以为孝者如何”，“或问：‘进修之术何先？’曰‘莫先于正心诚意。诚意在致知，致知在格物’”。

格物，是为了致知。知什么呢？知万物之理。穷理，乃能尽性。故格物致知，是心性修养上的功夫。伊川释“格物”之“物”，举“孝”为说，即是此意。《二程遗书》卷十七又云，“致知在格物，格物之理，不若察之于身，其得尤切”，此书卷七说，“致知，但知止于至善。为人子止于孝，为人父止于慈之类。不须外面。只务观物理，泛然正如游骑无所归也”，都显示“格物”之“物”，不应从外在实际存在的客观物上去求，而是道德修养上的问题。

所以说胡适所推崇的宋代文化，也非宋代之真面貌真精神，而只是胡先生自己的新理学。欲寻黄山光明顶，结果去到西陲明教光明顶拜门。

## 三

无独有偶，冯友兰先生也提倡新理学。1937 年至 1946 年他用近十年建构其贞元六书：《新理学》《新事论》《新世训》《新原人》《新原道》《新知言》，并强调他对宋明理学是“接着讲”而不是“照着讲”。

当时杨向奎称赞冯友兰依照程朱学说写《新理学》，“为学术界最可喜的现象之一”。

可惜复古者误会了，冯先生是新的。怎么新呢？《周易·系辞》说，“形而上者谓之道，形而下者谓之器”。冯先生说这就是亚里士多德说的，具体中可抽象出“共相”，而理念就是“共相”。气则是物之所以成之绝对质料。气和理，就如亚里士多德说的质料因与形式因的组成。

因此新理学虽不照着当年程朱陆王讲，却是照着西方新实在论讲，甚或再上溯于西方老古董柏拉图、亚里士多德，照着他们讲。对国内的人来说，也许新奇，但其为西方旧货，且与宋明理学没啥关系，是显而易见的。令人感觉他欲往光明顶，乃竟上了黑木崖。

1989年，我见到冯先生时，他书房里挂了一副自写的对联："阐旧邦以辅新命，极高明而道中庸。"颇为感慨！他欲辅新命而未成，当然可叹，但先生所阐于旧邦者，恐怕就有问题呀！

## 四

然而冯先生之所为，也令人明白当年一种趋势：久遭压抑或漠视的宋学，确实已成了新潮。

新儒家代表人物张君劢后来写的《新儒家思想史》认为这一波流已经潜滋暗长了许久。从张扬园、陆桴亭、张武承、陆稼书、张伯行就开始了"回到程朱运动"。中间虽经过"考证学派戴东原"，但有"反对考证学派之先锋：章实斋、方东树"与之对抗，终于出现"曾涤生之复兴宋学运动"。

后来西学东渐，又有高举科学方法以接续汉学考证的胡适，可是宋学仍在继续发展中。

这个"汉宋相争"的论述，便与钱穆相似。

早先，1904 年梁启超在《新民丛报》上发表《近世之学术》时认为“有清一代之学术，大抵述而无作，学而不思，故可谓之为思想最衰时代”。可是后来随顺风气，1920 年在《清代学术概论》中，把“清考据学”与“先秦子学”“两汉经学”“隋唐佛学”“宋明理学”并称为我国五大学术思潮。《中国近三百年学术史》更以汉学为宋学的反动为基调来梳理清代学术史。

钱穆继承了“汉宋相争”这个论述，但反过来，从宋学的角度来讲清代学术。不但发潜德之幽光，挖掘了不少宋学人物，更提出了清代汉学渊源于宋学，“不知宋学，则无以评汉宋之是非”的论断；评价和判识清代学人学术思想时，还以是否有志经世的宋学精神为标准。

钱先生这些观点，在后来的《宋明理学概述》等书中有更多阐述，但大体不脱《中国近三百年学术史》之格局[（1964 年给杨联陞的信中说写《中国近三百年学术史》时已想写《朱子新学案》，也有意重写《宋元学案》（因黄宗羲自居为王学传统，于程朱实少研精。全祖望更于理学未深入）]，认为宋儒借宋学重建社会政治中心，在君臣、官民之间沟通整合，教化提升。在“政学相维”与“士统重建”方面卓有贡献。故可以通过宋学建立近世传统与现代中国的有机联系，这其实也可看成是钱穆的新理学。他以朱子自许自期，所居素书楼正厅对联即是朱手书“读圣贤书，立修齐志”，横额“静神养气”。餐厅有张佛千撰的联“大宗师逍遥九万里以意，素书楼著述八千岁为春”，是贺先生八十诞辰的。善祷善颂，又用了先生曾注解过《庄子》的典，但我以为不切。而他“清代汉学渊源于宋学”和“宋学重在政治文化建设”等观点，亦有弟子余英时等人继承。

此固然能挈其要矣！然而独踞光明顶，而于天都峰、莲花峰、鳌鱼峰、玉屏峰、狮子峰、始信峰、青鸾峰及西海群峰诸胜，未免缺然。

因所关注在经世，在“立修齐志”这部分，也就是传统士君子之道。这是对的，但未尽发宋文化之蕴，钱先生之后，数十年来的宋文化研究可说即是此一角度的修补。由经济史、社会史、艺术史、宗教史各方面去说明宋文化的丰富性。本文开头所说美国列文森图书奖就显示了这种趋势。而亦因为如此，钱先生所系念的宋明理学精神，近年日趋寥落，少人关注。现代史学的技术性、专业性，更已使得读书做学问的人不问道、不求道，理学精神还怎么讲?

钱先生自己虽有“古之学者为己”的态度，但在“静神养气”这方面，却只是自己受用，而未能展开为一种可作用于现代人的学问。故理气太极之辩、已发未发之疑、持敬守静之分，乃至朱熹与张栻、陈亮、陆九渊之异同，理学家与佛教、道教、象数、文学之关系等的剖析都较简单或缺略，理趣未极。故尚未能独踞光明顶，仅是近看而已。

## 五

钱穆有一老友蒙文通，也是著名的“新宋学”提倡者。

钱先生《八十忆双亲·师友杂忆》提到他在北平（今北京）时，与蒙文通、汤用彤、熊十力时相过从，熊十力与蒙文通辩难，钱穆颇予缓冲。但此公后来被北京大学史学系解聘了，计划以陈寅恪来顶其缺。

两君都讲新宋学，但不一样。1941 年蒙文通自己在《四库珍本〈十先生奥论〉读后记》一文中说，往时陈君寅恪于语次称“汉人经学，宋人史学，皆不可及”。“乃鄙意复又稍别者，以经学有西汉东汉之分，史学亦有北宋南宋之异。”似乎两人所同，在于特别重视史学，而不同在于蒙文通更重视南宋。

当时陈寅恪在清华大学开设过“欧阳修”的课，规模并不限于史学：“中国文化史，在秦以后，六朝与赵宋为两个兴隆时代，至今尚未超越宋代。本课程就欧阳修以讲宋学。所谓宋学，非与汉学相对之宋学，乃广义的宋学，包括诗文、史学、理学、经学、思想等。所讲不专重词章，要讲全部宋学与今日之关系，而所据以发表意见之材料，不能不有所限制，故开本课，实为研究宋史第一步。”

这包括诗文、史学、理学、经学、思想的讲法，当然比蒙文通大得多。但陈无论如何讲，都只是史学，所重也仍在史（陈自称“于道教仅取以供史事之补证，于佛教亦止比较原文与诸译本字句之异同，至其微言大义之所在，则未能言之也”，这是通贯他整个学问的状态）。而两君之同，则在于反对传统上的宋学定义。传统上，宋学指的不是“宋代的学问”，而是“宋代特殊的儒学：理学”。两君都要从史学或更大的领域去改变这个定义，以自称为新宋学。

陈寅恪说宋人之长在于史学，后来未多发挥。蒙文通便谈得较具体，认为“合朱子之《纲》、司马之《鉴》以言史者，宋、元、明、清皆然也”，“而史几乎以熄”。司马光、朱子一系的流弊，一是影响太大，二是入了科举，三是他们“恶言法、恶言兵之说”，遂数百年深入社会而不可拔！

总之，北宋史学偏于人治，轻视典制之学；南宋浙东史学以制度为重心，“言内圣不废外王，坐言则可起行，斯其所以学独至而无弊”。“人治”与“制度”是北宋、南宋史学异趣的根本。显然，这是那时学者们对于法治的向往与误解，被他投射到宋代去了。

蒙重南宋史学、重制度，如果是他与陈寅恪的不同之处，那就还有一个不同点：宋文化如何兴起，两人解释不一。

陈寅恪认为宋明新儒家之学的基础与轮廓，由韩愈、李翱为之确定。而“李翱的性说，来自天台宗。……天台大师由《大涅槃经》后部，所说的一阐提佛性不断的经文，悟出佛祖亦应一阐提不断，随（遂？——编者）主张一种善恶并存的二元性论。湛然受华严宗的影响，窃起信论旨，变大师之意，做金刚錍，明无情有性，随缘不变；梁肃传此说与李翱；李翱本之做《复性书》”（见孙道升《李翱思想的来源》引用的课堂笔记，1934 年《清华周刊》第四十一卷第五期）。宋代文化乃南唐、吴越文化的扩充，南唐受佛教天台宗的影响，至宋才有理学。

不过，在冯友兰《中国哲学史》下册的审查报告中，陈寅恪又从道教说，“新儒家之产生，关于道教之方面，如新安之学说，其所受影响甚深且远”，“六朝以后之道教，包罗至广，演变至繁。不似儒教之偏重政治社会制度，故思想上尤易融贯吸收。凡新儒家之学说，似无不有道教或与道教有关之佛教为之先导”。总之，是受佛教、道教影响才形成宋代理学的。

蒙文通则认为将宋学起源归于援引佛道入儒等外因，有本末倒置之嫌：“唐自中叶以后，赵匡、陆淳辈之于经，萧颖士、裴光庭、姚康复辈之于史，韩愈、柳宗元辈之于文，皆力矫隋唐，下开北宋，由天竺全盛之势而力反求中国固有之文明，以究儒者之形而上学，此文化中一大关键也。”在蒙文通看来，唐宋之际学术转型的根源并非援佛入儒，而是古文运动和新经学、新史学共同构成了复兴儒道的思想运动。

他们的争论，后来当然颇有持续，但至今亦无太大突破。因为事实上是为了回到宋代以替现在开新局而去找理由，所以理由往往牵强。因为想打破传统宋学而另寻脉络或大开规模，以致主线不明或其大无外。支离徘徊于群峰之中，还根本不知光明顶何在呢！

陈先生的问题，之前已说过了。蒙先生嘛，上推宋学之源于赵匡、陆淳辈之经，萧颖士、裴光庭、姚康复辈之史，谓其由天竺全盛之势而力反求中国固有文化。那么，请教：隋唐经史，甚至整个魏晋南北朝之经史何曾有什么“天竺全盛之势”需要他们来反对？韩愈、柳宗元之古文，主要不是反六朝吗？文章又有什么天竺全盛之势？

说史学，则一，蒙先生没说明为何“汉人经学，宋人史学，皆不可及”，而且史学比理学更重要，更能代表宋朝；二没说明“制度”怎么就是南宋史学之长项。北宋《资治通鉴》这种著作的编撰，南宋仍在大规模进行；被蒙先生视为南宋史学对立面的朱子，也是南宋人；史学重视典章制度，更是从来如此，《通典》这类书和学问，皆不起于或独盛于南宋；若说真有什么是南宋独有的特色，只能是通俗史学的发展，以讲史、戏曲、蒙学来推广史学，教化民众，发扬民族精神，建立儒家型社会，而理学家颇多参与其间。这些，都不是套一个概念就可蒙混过去的，蒙先生还需启蒙。

## 六

所以，总体来看，当年无论是想复古，回到宋朝，或以宋朝为今日之新起点，其实都不成功。但他们炒热了这个话题。话题成功，而内容不堪深究也不必深究，正是后现代社会的特点。因此，他们，包括现在这些奖和得奖的人与书也都是成功的。恭喜啦！

# 别被学术论文绑架了生活

现在，号称具有科学性、创造性、理论性、平易性的学术论文（Academic paper）已成了我们社会中之一景。它铺天盖地，形式各样。包括技术报告、学位论文、考核性论文和交流性论文等。除了通行于校园、学术机构外，也已广泛运用于商场、工业乃至交际领域。不是说有交流性论文吗？所以各种交流场合，金融论坛啦、服装秀啦、楼市开盘啦、社区活动啦、房车推介会啦、某某庆祝酒会啦，无不有人走上台，打开PPT，用论文来介绍他的项目，跟博士生、硕士生做报告一样；或动不动就要给你一份papers。

风气如此，故连举报和尚偷腥的检举函，也仿佛博士论文。这一切，让人联想起哈贝马斯所说的"法律对生活世界的殖民"，不禁怀疑：难道学术论文也要向生活世界殖民了吗？早些年，可没有这样的世道。那时，台湾学术界只有理工科仿效欧美，学着说这套不像人话的学术社群语言，却都还不甚熟练，更莫说文史哲之类学科了。即使是理工科，也有人呼吁注意其中的殖民性。因为这套学术语言及论文写作方式，内中隐含了西方以及男性思维惯性（例如定义明确、逻辑清晰、系统自洽、语言平易、理性操作等）和西方学术霸权（英文、权威期刊等）。因此，我读书的淡江大学，于20世纪60年代末即曾发起一场“让科学说中文”的运动。在已经“全球化”的物理、化学、数学、医学领域，这样的倡议，以卵击石，当然不会有什么效果。学术论文写作的世界推广态势仍在继续并扩大。我虽然也常耻笑理工科教授不懂中文（他们真的有许多人不会说、不能写），但对于中文系仍固守传统，却更有切身之感。所以我反过来欢迎这种新的、现代的、世界的表述方式。认为中国文史哲研究不能还是注释、考订、校勘、笺证、诗话、札记那一套，应该练习做学术论文式的系统、客观、理性的表达。我在读大学时，早已熟稔传统的方式。渐渐过渡，接引西潮，于硕士、博士阶段便也对西方现代这种论文写作十分娴熟了。这时回看还不能适应新时代的师友，遂不免有点着急，觉得应该做点改革。觉得该改革的，不只是我一人。20世纪70年代末期，“中国古典文学会”成立，开始办研讨会。用这种新的形式，打破旧有的学校、资历、年龄壁垒。是驴是马，拉出来蹓蹓，不管年辈和人情，以公开、客观、理性的方式来发表，来辩论看看。我积极且热情参与其间，事实上也就示范了论文该怎么写，研讨会该怎么办。后来还当了该会的秘书长、会长。1983 年我撰文批评整个中文博士教育，说大家都不会写论文，更是把这趟改革推向了高潮。此后风气逆转，论文越来越多，规矩越来越严，慢慢就变成了现在大家看到的这样。我当然不敢说风气之变皆因我起。因为现代化是个大趋势，自觉要推动一把的人很多，例如宋楚瑜 1978 年就还出版了他的《如何写学术论文》。如何写论文居然还要写专书来教，现在看，近乎笑话。但当时激切想要融入世界学术社群的心态，却正可由此看出。后来香港中文学界也参考我们在台湾之经验，积极推动这种改革，光是黎活仁一人就办过上百场会议。大陆的研讨会和论文写作风气当然也就逐渐被带动起来了。带起来以后，天火燎原。配合着高校扩张，硕士、博士扩招，经济大潮，学术工业化商业化，就形成了如今学术论文大爆发的景观。逐渐继过去因意识形态和政治运动而形成的宏大国家语言，而成为了第二套浸润于学术界及生活各层面的语言。因为所有青年都从大学开始就熟悉且只熟悉这套话语了，许多大学甚至有必须发表论文才能毕业的“硬指标”。任何一本学位论文，面目都是一样的。装订次序是：封面、目录、摘要、前言、正文、结论、参考文献、致谢。参考文献亦必谨遵下列格式：分类、序号、作者、书名论文名、出版社或期刊名、出版或期刊时间。任何论文，语言风格也是一样的。不哭，不笑，只是论述。论述要有定义，有逻辑，有文献，有术语，有创新，有结论。不能让人看出是我写的还是你写的。所以可以匿名评审。当然，同样也就出现了代写论文的产业，招揽生意的价码和电话号码，就公开贴在各校布告栏上。网上的论文，摘抄拼接一番，语言亦无违和感，你也绝对发觉不出来。任何论文，思维方式自然也都是一样的。换个方式想，换个方法说，换个形态表达，嘿嘿，不会！所以中文系不鼓励也不会写诗词歌赋、小说戏曲；史学系不会写史；哲学系不能哲思，都只能写论，文论、史论、哲学史论。注释、考订、校勘、笺证、诗话、札记、翻译、随笔都少获支持，评职称、评奖都常受限。这其实就是在压缩其他表达方式的空间，以致点校、笺释水平越来越差，常出现令人啼笑皆非的例子。我自己，站在这浪潮中。思前水后水，悟今非昨非，真是感慨良深。前几十年，我的事功，是与改革旧日学风，提倡文史研究现代化相关联的。论文写作，蔚然成风，与有力焉。可是事情越发展，我就越不喜欢，越看出它的弊端。不但黄茅白苇，一望无余，令人烦闷；压制了其他的思考与表述方式，益发令人觉得不安。形式本身，则越来越成为僵化的空架子，读起来辄教人掷卷长叹。像我们这种人，每年要看学生报告，学士、硕士、博士、博士后论文，招生论文，各种评奖审议论文，期刊论文上千件。每篇都布满了洋洋洒洒，符合格式的废话、空话、套话，而且千篇一律，你说烦不烦？大部分又其实只是垃圾，徒然浪费纸张，耗我目力，扔都嫌费事。披沙拣金，当然也会有一二可取者。但其主要内容，若依古人著述之体，几句话就讲完了。现在却还要作论证、飙术语、演式子、做注解。而你好不容易翻查号码，找到它的注解，却常是“学而时习之，注：见《论语·学而》，孔门弟子或再传弟子辑录，此处采用《十三经注疏》所收集解本，阮元原刊，香港某某出版社某某年影印出版，第几页”这种的。而且反复出现，以示严谨，并同时展现其孤陋。孤陋还显示在生活上。“学术论文向生活世界的殖民”不是开玩笑的，只会写论文，天天想着写论文的人，思维日趋单调，生活遂渐无能。因为生活世界从来就不是论文那般系统、有秩序，且处处打上补丁，附带注脚的。与这种呆傻论文写作相反的，是又有许多不耐烦、不习惯、不擅长、不愿意写论文的人，在这种环境中的憋屈、无奈、了无生趣。我在北大、清华、北师大、南师大等校都待过，每年都听到有博士生跳楼的，比当年台湾硕士生跳楼还多。少年轻生，自有许多原因，但据我所知，论文逼人发疯便是其中重要因素。许多学校的年轻教师，受困于每年发表论文（多少篇、在什么刊物上）的压力，也是愁白了头。我自己当然无所谓，论文早已写得太多，职称二三十年前亦已到顶，因此我没有任何压力，现在爱写什么写什么。可是，为了社会好，为了年轻学者少跳些楼，终究该提出点呼吁来遏制“论文成灾”的现象。论文当然还是需要的，但可以少一点；其他文体、其他思维和表述方式，更需要解放出来。那些因提倡学术论文写作而被漠视、抹杀、放弃的传统治学方式和表述，则应重新获得尊重，鼓励大家再去写诗话、做札记、编年谱、辑文献、笺古书，诗词歌赋，也都可以再练练。至少活络活络脑子和情绪。什么，诗不能算学术，只能抒情言志？那请问你研究杜甫、元遗山、袁枚这个人那个人的《论诗绝句》是什么意思？不是认为其中蕴含了他们的诗学吗？我们现在这上万篇狗屁论文，抵得上那几首《论诗绝句》或几本《姜斋诗话》《人间词话》吗？至于文言述学，《国故论衡》《管锥篇》这类著作的价值，现在的论文又好比吗？所以，释放传统论学方式及语言的活力，是极有益的。不唯可接上我们自己的传统，事实上还反省了我在前面提到的学术殖民问题。理工学科参与世界学术社群已久，彼此共享一种话语，是目前难以改变的现实。但人文学科呢？我们不能不参与这个业已成形的全球学术体系，却也不能不说自己的话。所以紫青双剑，终须合璧，不能只是独臂刀，光晓得挥舞现代性浓厚的论文这一体。

# 做学问，最伤生

世上书籍甚多，说起来当然开卷有益，但谁也读不完、读不好。所以“如何读书”的问题，竟似与书共生，自从有书出现，就同时有了这个恼人的疑难。

大学者往往不喜欢告诉我们他的答案，故元遗山诗云：“鸳鸯绣出从教看，莫把金针度与人。”夜静人稀时，沙子龙也还要仔细关好小门，一气把五虎断魂枪六十四枪刺下来；而后，拄着枪，望着天上的群星，想起当年在野店荒林的威风。叹一口气，用手指慢慢摸着凉滑的枪身，又微微一笑，“不传！不传！”

偶获教导的人，又多只能赞叹刺绣鸳鸯之巧，而不知巧不在鸳鸯而在针法。许多事，觉得难，做不成，是因不晓其法；若知之，不唯点石可以成金，甚至可以见道悟道。

即使传授方法，也老是神秘兮兮，或曰法不传六耳，或曰传子不传女，或夜半传衣，或三更授记，非人不传、非时不传、非地不传。传时还要用隐语歌诀，燃指咒誓等方式来增饰其神奇与庄重。以致书法家的笔法诀要，竟要如钟繇那般去盗蔡邕的墓才能获得，而佛教、道教的公案歌诀更如天书，学者悬揣万端，莫名其妙。

反对如此这般神秘其说的人，则认为治学哪有什么秘诀，所谓方法，不过就是老老实实地读书罢了。盈科而后进，学不躐等，一书不读毕不读他书，刚日读经，柔日读史等就是方法。“读书百遍，其义自见”，事实上也不需要什么方法。

但这讲的不是方法，而是“功力”。以为只要把书翻来覆去读熟了，学问便已成就，殊不知死读书的呆子实在比比皆是啊！

## 一、科学方法

清末学制改革以后，教育与西方接轨，形成全新的格局，出现许多新学科。这些新知识领域到底要如何进入，是新式学子的集体困惑。

胡适提倡“科学方法”，给了这个集体困惑一个突破口。科学方法，本来是针对“整理国故”而发的，但随即形成了普遍的方法热，所有学科都开始探究方法的问题，产生了方法意识。

因为胡适既强调方法在治学过程中居关键地位，又言明其运用之步骤与程序，还有许多举例示范，表现了研究社会人文问题也可以如自然科学一般清晰、客观、准确。自然大受欢迎，风靡一时。

不过，胡适的讲法，从思想史上看，只是一种过渡式的。其所谓科学方法即西洋 19 世纪以来之自然科学方法，但找了一位中国亲戚，说清代的朴学考据也用此法。

这种论述，乃是想在中国讲西学的一个传统策略。早在明末徐光启译《几何原本》时，就说中国上古本有此学，只是后来失传了，西方的几何学正与上古之学相似。同治中兴大倡西学以降，此类论述更是层出不穷，目的就是消除人们对西学的敌意，强化学习西法的正当性。

其次，科学方法，既是由研究自然科学而来，则将它运用于“整理国故”这种人文学术上，适用吗？拉上干嘉朴学的本国文史考据传统来做西洋近代自然科学的亲戚，自然就解决了这个问题。清代考据家既与西方自然科学家用着同一套方法，咱们现在当然亦可放心使用。

这同时也虚化了自然科学方法的内涵，不谈实验、数学模型、概念分析、推理逻辑、抽象思维等，仅将之概括为“尊重证据”和“大胆假设，小心求证”，以利于在人文学科的应用。

可是这其实是个悖论：若清朝已采用了科学方法，现在还需你提倡吗？悖论之出现，显示了胡适想要从传统治学方法过渡到西洋自然科学方法的用心，旨不在恢复清儒之绪，而是要让大家接上西学之统。

一旦接上，清儒这位旧亲戚，其实便可抛去了。故此后论方法，大家都径自从西方自然科学取径，不必仍由清儒讲下来，胡适乃因此终究只是个过渡。

其说另有一盲点：他直接把自然科学方法视为西洋自然科学和中国文史考证所共有的普遍方法，未考虑到人文学与自然科学之材料与旨趣均有差异。

## 二、科学化

在《治学的方法与材料》一文中，他已反省到，“同样的方法，用在不同的材料上，成绩也就有绝大的不同”。

但他不去探讨人文学可能要有另一种方法，另一套与自然科学不同的逻辑。而是倒过来说，你看，同样的方法，我们只用在文献材料上，考来考去；人家西方人却用在科学实验室里，自然界的实物上，所以成果大不相同。并以此奉劝年轻人勿再钻故纸堆，赶快去“多学一点自然科学的知识与技术，那条路是活路”。

这，岂不是用自然科学来彻底否定人文学的价值了吗？

胡适以后，学术的发展当然超越了胡适。一方面，大家都明白了治学要重方法，方法意识业已普遍觉醒。另一方面，不只以科学方法整理国故，更广泛运用自然科学之法去建设各个人文与社会学科。人文学称为人文科学，社会学称为社会科学，均以自然科学为仿拟对象。

至今学界对于这样的“科学化”已稍有反省，但尚不普遍。连我自己在台湾办南华大学社会学院时，同仁们都非要改成社会科学院不可。觉得用“科学”一词才显得较有学问，我也只好听之。

两岸间，台湾的“科学委员会”总理自然、人文、社会之学术发展事务，大陆也以社科基金等为之。科学院之外，人文社会学科则均置于社科院内，可见此一格局至今犹未能破。

因此，诸家论治学方法，第一个特点就是自然科学化，有科学主义的气味。

这当然是西化使然。但西化也可分两部分说。一是人文与社会科学在西方也是19世纪以后才逐渐仿自然科学建立的，所以法律学之脱离玄学时代，成为科学的一支，时间其实迟至1901年狄骥（Duguit）《法与国家》刊行以后。民俗学，1846年才由英国人汤姆斯（W. J. Thoms）创立，更是新兴学科了。这类学科，当时引进，都是要与西方接轨。

另外一些学科，虽是研究中国事物，但亦要移植西方，包括整个学科模型和方法。如冯友兰论《怎样研究中国哲学史》，不但说“西洋哲学之形式上的系统，实是整理中国哲学之模范”，更谓研究中国哲学之方法有六，而第一项就是须钻研西洋哲学。具体操作，更常以西方经验论和理性论两大系统来论。

现在批评当年西化太过，诚非难事；然新学科之建立，主要凭借在此。再说，许多学术领域确实古代无有，不由西方引进又怎么办呢？例如幼儿教育，古代只有家庭式幼教，现在这种幼儿园、托儿所形态，乃现代化变迁以后才出现的；在西方也是19世纪之产物，因应现代家庭教育功能之丧失而生。又如图书馆学，中国古代亦只有藏书楼而无图书馆，故无论图书馆之组织与管理，图书之分类与使用，或图书馆之社教功能，均为新领域，新问题，只能借鉴西方。

## 三、非科学方法

但这样论方法，就有个方法论本身的问题。

任二北《词学研究法》中引了况周颐《蕙风词话》一段话说，“读词之法，取前人名句意境绝佳者，将此意境，缔构于吾想望中。然后澄思渺虑，以吾身入乎其中，而涵泳玩索之。吾性灵与相浃而俱化，乃真实为吾有，而外物不能夺”。这种读词法，其实便是传统的，科学方法绝不如此。

科学式研究法，可由确定材料、分文类、分文体、分主题地做研究，或编年表，或制目录，或做卡片，或考察作者之遗传、师友、生活交游、环境等，总之都属于主体不涉入的一种客观性研究。反之，况蕙风提倡的研究法，却是主体涉入，与研究对象相浃俱化，于是词中境界入我心灵，我之人格与精神状态为之转化，把自己成就为一词人。

前者无实践性，也无此义务，研究词并不需成为词人，也不必作词。后者则有实践性。例如读伦理学，前者知道伦理学有各派主张，由理论上论其是非即可，乃是知识性的，并不要求他本人伦理行为高尚。后者却是要人在读了伦理学之后，能在伦理抉择上做出是非之判断，在行为上体现出对伦理学有所认知之结果，因此它知行合一。

在人文学科里，后者是不可避免的。一个人光会演算逻辑式子，而脑子毫无逻辑，就是笑话。一个人诗云子曰知道了一大堆，而贪财好货、行己无耻，亦令人感到荒谬。因此即使是在科学主义气氛如此浓厚的那个时代，仍有人会回顾况蕙风的说法。

## 四、心法

我自己对方法的反思，即由此开始，要寻找一种不同于科学方法的人文社会学方法。继而往上检讨清儒的所谓朴学方法，最终参会于后现代思潮与科学、哲学之发展。而贯穿其间的，则是方法意识，以形成一套自己的方法论。

二十至三十岁，可说是我建立自己一套方法论的摸索期。许多文章，都为检讨方法而做；也以方法论角度去批评别人方法拙劣，问题意识不清。横冲直撞，几乎得罪了所有同行。

批评我的人都责我好胜。是的，谁不好胜呢？龚定盦尝言：“伤生之事，异形而同神者二：一曰好胜，二曰好色。好胜之事，异形而同神者三：曰学问，曰憎怨，曰荣利。”又说：“心无力者，谓之庸人。”庸人心无力也肌无力，故不好胜，不好色。凡自以为不是庸人的，就都好色好胜。

而两者又其实只是一，如男人好色，娶艳妇，多姬妾，自己受用快活吗？不然，徒自受累耳。但为何乐此不彼？以骄人而已。女人涂饰妆粉、削骨整形、妖丽色相以媚富男靓仔，其门道也全在“争奇斗艳”四个字上。这不都是好胜吗？因此好胜才是根本，兼贪、嗔、痴、色。做学问即是好胜之表现，或以好胜之心为底子。这一点，定盦说得很对。做学问，最伤生，他也看得很明白。

不过，他另以憎怨、荣利与之并列，则无必要。治学就会起憎怨，就会生荣利，就是好色。怎么说？陈后山诗曰：“不惜卷帘通一顾，怕君着眼未分明。”黄山谷谓其顾影徘徊，炫耀太甚。学者之炫耀知识，与才士炫文采，富豪炫奢侈，女子炫妖丽，有何不同？

而学问做得好了，荣利便来。或别人给你奖项、奖金、名衔，或生起荣利之心，自己去争取。黄金屋啦、千钟粟啦、颜如玉啦，盼个不了。政府也借你这一点欲心，来推动所谓学术，如《汉书·儒林传》所说，“禄利之路然也”。

做不好，则被人憎，被人骂，被人耻笑，自己又憎怨耻笑我，憎嫌我的人，往复相煎，遂若寇仇。某次，我过杭州，逢江弱水。他甫由台湾返，说：“呀，没去台湾，还真不知你老兄影响这么大！”我逊谢。他说：“不，我讲的是你离开十几年了，现在还有许多人谈起来仍然咬牙切齿呢。”这就是怨毒。刻骨相思，比情人还惦念我呐！

学界本是读书人的组合，似应最纯皓、最具理想性，而其实到处都争来斗去，争地盘、抢位子，黑函蜚语横行。就因其中憎怨与荣利搅成一团，所以是最大的名利场与是非圈（当然，这也不是不好。政治圈、文人学者圈、影视名媛圈，是我们社会三大八卦圈。没这些恩怨，就没啥八卦可说了呀！故此中恩怨、憎荣不了，正是：梧桐西风，喜添人间闲话无数）。日居其间，其不伤生者稀。就算你能免于自伤，自然会有人来伤你。

因此，谈到做学问，我首先就要劝人莫做。因为若乏天才，“勿强操笔”，绝大部分号称做学问的人，只是徒劳。若真有点天资，可以做学问，则再要问能否戒色、戒憎怨、戒荣利，转学问伤生为“学以养心”。做不到或不愿做，则干啥都好，千万不要治学。

我炫学争胜，毛病最甚。幸而还有点自知之明，所以能由此反省起，渐渐转出“学以养心”这一境。

## 五、学以养心

学如何才能养心？一是不“做”学问。做，是制造、生产、劳动，如工匠做出个杯子。但人有脑子，自然会想；有眼睛，自然会看，何须造作？是鸟就该飞，故孔子曰：“学而时习之，不亦乐乎！”习就是不断地飞，尽其本能本分。大鹏鸟扶摇而上九万里，鸠雀腾跃于榆枋，各尽其能，故亦各适其天，自乐其乐。不为什么。既不为荣利，也不为往圣继绝学，不为生民立命，不为天地立心，不为万世开太平。

由这些话头带出来的念头，正是生憎怨、求荣利之根。

因为“为往圣继绝学”等，乃学之终境而非始境。还没学呢，如何便知绝学是啥？名、墨、兵、农诸圣之学，绝者久矣，都要继或选什么继？既已旷绝，又如何继？此类好言语，非从学者所能指口，徒成肤阔心、骄矜气而已。

从学之际，但知眼能看便尽情看，脑能想便尽情想，游知识海，乘智慧舟，有无关心之美感，生尽情尽兴之愉悦，如此生命自得滋养。如小孩子搏沙戏水，谁不是这样长养成人的？为何渐渐就失了这种本能，造作起来？

其次，治学之途，一是继续上述尽兴的辨法，我称为“循性为学”。就像现今大学里到处都是憎男怨女，因为读的科系都不是自己才性适合或喜欢的，被父母及社会风气强扭着来学，焉能学得好？只能劝他们解放出来，找到自己才性所适，然后循性为学。

但治学还有一种，是要反过来“矫性成圣”的。宋明理学家说为学在“变化气质”，即指此。先天才性气质各有所偏，所谓学，就是补偏救弊，让人能渐渐合乎中道的过程。故善咏荆轲的人，淡泊起来才会成为陶渊明；性情宁静的人，治事才能变成诸葛亮。这是正反合的超越自我之路，所以“学问深时意气平”，可以离苦得乐，得静定大自在。

这样做，显然治学就不是知识啦、理论啦什么的，功夫作用首先在于治己、养心，成就自己而不伤生。孔子说“古之学者为己”，道理在此。这一点做不到，所谓学问，都将如定盦所批评，如我所闻见。

我二十几岁努力建立自己的一套方法论时，太执着于法，还远远达不到这种静定大自在。在写博士论文期间，探讨宋人说的“活法”问题，渐渐明白法活不活的关键在心，心活则法活；法活了，生命也才能圆成。然后才渐渐学可以养心。

但不执法还不够，我毕竟还甚执相。因为我最初返校教书就教“读书指导”课，喜谈方法是与我职业黏合的。弄得写文章总一副指导人家如何读书的面孔，老是批评别人走错了路：方法不对，用吸管吃肉饼。然后再对于该如何吃肉饼指点一二良方。在我，自以为金针度予，别人都该感谢我。别人却觉得是污辱。于是结怨四方，被批的人也不服气，老说我只破不立（也就是成天骂人，不自己去好好写书）。

后来我渐渐熟于世故，才明白论学不应如此。治学方法，有可推广的，有不能也不必推广的。

比如表演学，每个电影学院的学生都修过，所以谁都有演技。但谁能有章子怡的境遇呢？上来就当女主角，就得奖。说章子怡演技好，诚然。可是更多人只能由根本不适才、不适性的角色慢慢摸爬滚打上来，好不容易熬到有大导演为他说戏，有好剧本为他量身定做，有所谓演技可以发挥。然后才能把一种角色树立了，然后人家才承认你是个“角儿”。

这种成学成角之路，显然就跟章子怡、周冬雨不一样。推而广之，亦可说人人都不同。这种方法，便非表演学那种通套可以涵括；光讲表演学，也不能替代这舞台路上具体的表演方法。那是情境与之相生，具体演绎并抟成之法。要靠这，才能凝定一个人的角色和实际为学内容。

因此我现在虽仍讲方法、方法论，但已不再自认为能给人什么指导了，喝汤吃饼的方法，只能自己去找。包括我现在写这篇文章，也没有指导人治学之意，只是自述我的领会而已，诸君随缘参悟可也。

# 读中文系的人

“读中文系的人”，是林文月先生一本书的书名。珠玉在前，恰好借用来掩饰我生涯的凌乱。我的生涯，在《龚鹏程四十自述》《龚鹏程述学》当然已讲了不少，但此处稍作补苴，也还是可以的。

读中文系很怪或很特别，值得作为标题吗？当时可不觉得！

因为高中成绩甚不杰出，能考上什么学校，得靠老天帮忙，故我并不能有什么想法。幸而“天意怜幽草”，榜发，居然上了淡江德文系。想起未来可能徜徉于莱茵河畔，去拜访马克思的故乡，为之兴奋不已。

然而，注册那天，我忽起意转到中文系了。为什么呢？或许是因为对学德文没信心，或许是对中文的爱好，或许由于我语文成绩太好，可以直接转入中文系，这种“我命由我不由天”，可以自由抉择的机会，激起了我创造自我未来的好奇，遂径去找注册组长把手续办了。

这种“天人关系”的思考和抉择，后来证明是我非常本质的部分，我会不断在天人之际中想着，做着，体验着，而入中文系这一遭就是它的开端。

因为在此之前，我的人生都是被安排，被决定的。该进什么学校，该读什么书，该怎么读都听命于父母师保。考大学，临时碰到科技大地震，电脑阅卷，答题等于进庙抽签，能考上哪里，乃是风飘絮末，谁能自主？转系这事，才是我对命运的放手一搏。悬崖撒手、空际回旋，看起来艰难，其实心旌一动，事便成了，连父母都没能禀告一声，所以感觉特别畅快。此后果然该读什么，爱怎么读都由自己决定，充分享受了自己给自己的自由。

当然由大环境看，这种自由未必是真的。处在 20 世纪 70 年代的台湾，自有一个我们逃不掉的历史情境：政治经济社会必须大力发展现代化，以改善社会体质，在国际社会中求得一席之地，并保卫和发扬传统文化。

因此这个情境从逻辑上看，既合理又荒诞。因为它既要现代化，又要发扬传统。蒋中正为此写了《科学的学庸》，并办了孔孟学会、“中华文化复兴委员会”，希望既科学民主又伦理道德。陈立夫《四书道贯》一类把“诚”解释为原子、星系运动，或大谈“佛法是科学”，是超科学的书，便显示了这种荒诞景观。

文化界有些人想打破这种拼接，质问到底该走向自由民主或传统，别形成了殷海光、李敖与胡秋原、徐复观等人之中西文化论战。那时，由自由民主科学之阵营看，中国传统文化迂腐僵硬，只是酱缸，只是封建帝制之表现或残余，与西方自由民主科学乃是死敌。而主张文化复兴的人，一不赞成传统文化毫无是处，二主张它与自由民主科学并不妨碍。双方各种论述，日日喧腾于报章。

我在这个情境中长大，自然也就逃不脱其思想纠缭。而首先逃不掉的，就是在此情境中的中文系定位。

在一个正在现代化的政治经济社会乃至大学体制中，中文系独自古貌古心，等于化外之民。大家既对之保持传统之敬意，事实上也投之以现代之质疑：读这些老掉牙的老古董干什么呀？能有什么用？

所以读中文系的人总予人以异样感。要不就是特有文化情怀，担负着复兴中华文化的使命，表现出“挽狂澜于既倒”的气魄；要不就是失败的时代尖端冲浪者，考不进其他有前途、有出路的科系，在此暂栖，以混一纸文凭；也有文艺女青年，来此培养气质，以待未来；或其他说不清楚的原因，聚会了一群与其他实用专业、现代化学科不同的人，读着现代人看不懂的一些书。

我自觉地转入中文系，事实上乃是投入了一个时代早已为中文系定制的坑位中，故终究没能逃脱被决定的角色与命运，身上不期然地就有了中文系人的标记。

此即君子之时命也。

但我不像古人那样老要“哀时命”，我首先便享受了中文系这种越世高谈的气氛，在现实社会之外，寻找另一套生活逻辑，徜徉于五经四部的传统知识之海。外人可能嗤笑我们腐朽，可我还没腐过呢！需是岁月淘炼，渐深、渐沉、渐渍，骨体才能消解而与岁月同化。所以旁人如何看不重要，重要的是如何沉潜其中，变化气质，把传统文化都化为我之骨血。

当时淡江大学本身充满了现代性，校长张建邦先生参照的是美国高等教育趋势及格局，以哈佛为典范；又深受后工业思潮影响，提倡未来学，讲资讯革命。但毕竟学校是居正、于右任等人创办，传统文化在其间仍然颇受尊重。中文系申庆壁、白惇仁诸师且长期担任张校长秘书，操持笔政，故在校内殊少扞格之感。

而因时代之关系，中文系又实际上是个国学系。

后来，世情变化，我们开始与大陆交流了，才知道两岸学术传统已大生差异。大陆之中文系，以中国语言文字与文学为主，一部分还有古文献。而这几大块却是分疆各治的，底下再分若干块。语文和文学分，文学又分古典与现代，古典再分时代和文类，文学理论、文学批评则独立成为文艺学专业。语言也一样，古汉语与现代汉语并不是同一个专业，考硕士、博士都得按这专业之分来。

有几年，我在北师大任职，招的是训诂学专业的学生，有现代汉语的学生，想来报考而不得，大哭，求学校通融去改了专业才行。我则觉得全都是训诂专业的太闷了，问能否招得宽些，也不行，只能次年改招文献学专业学生来自我调剂。而后在北大，招的也只能是文艺学专业学生。开课，古典文学方向有些时段缺人，开不了课，我想捉刀协助亦不成，学科不同故也。

因此所谓中文系，实等于一个学院，下分若干教研室则等于若干系。近年许多学校也即是这么做的，纷纷改制成文学院，与史学院、哲学院并列。

台湾之中文系迥然不同。虽然各校也都有西化的历史系、哲学系，但中文系是统包文史哲的。台师大之中文系称为国学系就是这个意思，传授、传承的是整个中国文化。泛说中国传统文化，看来广阔无边，但由学术看，清人已归纳为义理、辞章、考据三途，中文系基本上就延续这个路数。所以有讲思想的义理之学；有诗词、歌赋、小说、戏曲、文章等辞章之学；也有文字、声韵、训诂、版本、目录、校勘等考据之学。材料则包括经史子集、儒道佛及传统诗文，但精神上以经学为根本。

因此我大学时，五经几乎都开全了，文学、声韵、训诂等所谓“小学”，因被当成治经之阶梯，故都是必修。后来读硕士、读博士仍被要求圈点“十三经”，博士毕业考试时必须用小推车把“十三经”叠成小山一样，推去考场备查。如未完成作业，是不能毕业的。早期硕士、博士论文亦以经学、小学为主，20 世纪 80 年代以后辞章之学才渐成气候。

虽如此，辞章之分量并不就少了。文章，明清文、唐宋文、六朝文、先秦文都开。唐宋主要是八大家，六朝是《文选》，先秦讲《吕氏春秋》《战国策》。诗，以《唐宋诗举要》为教本；词是《唐宋名家词选》；曲，用郑骞先生的曲选教材。但这些都带习作，古近体诗、小令长调之词、散曲联套和戏剧之曲以及骈散文章等，至少都要练习一番。如人饮水，能知冷暖，不能只在陆地上学游泳。此外则还有专家文、专家诗及文学史、修辞学等课。硕士、博士论文也都要求用文言文撰写。

义理呢？五经自有义理可说，此外则讲授《论语》《孟子》《老子》《墨子》《庄子》《荀子》《韩非子》等，视师资状况而定。“中国哲学史”却是必修，与“中国文学史”同样重要。后来我主持淡江大学中文系时，甚至还规定了这两门课都需修两年。因此中文系事实上是中国哲学研究的大本营，各大学之哲学系，反而都以西方哲学为主了。

考据则是清代朴学之延伸。文字学讲《说文解字》，上溯甲骨、金文。声韵学，大一便有“国语语音学”，由现代汉语上溯《中原音韵》。接着以董同龢先生《汉语音韵学》为蓝本，讲中古音、上古音。大四再开“训诂学”，欲学生融会贯通，以探求古籍之奥秘。但因这些方法仍是分开来讲的，故又另开了“国学概论”和“读书指导”，帮助学生进入国学堂庑。

课程之架构如此。现在看，当然平正通达，门径甚正，大陆的中文系就都不可能做到。因为他们是割裂了的，分庭别户，各自耕着一小块田地，故难以了解中国学问之整体。专业有余，通识不足，讲辞章则光说不练，教授自己也多半不会作诗词，写辞赋，有些则连平仄也弄不明白。义理与经学大约亦无根底。

可是课程实施下来，身当其境者感受自别。

例如许多人报考中文系，是有憧憬，有理想的，其中固然有心怀复兴中华文化之梦者，而更多的却是文艺爱好者，想象以诗词歌赋、新文艺来浪漫其生涯。可是，一上课，梦就破灭了，经史考证，圈点古籍，文字声韵训诂，压得人透不过气来，这是培养经生呀，哪有一丝文艺气息？即便是诗词歌赋，格律森严，也是缚住了手脚的。推敲苦吟，胡乱交差，坐看寒窗孤月，不胜凄清。去找当局质问，回答都是：中文系不培养作家，不开新文艺课程，我们是传承中国文化的；中国文学系的“文学”两字，用的是古义，文章博学之谓也；孔子曾称赞尧“焕乎，其有文章”，我们就该继承尧舜之道。

继承尧舜之道，谁不想呀？问题是延续清朝的考据之法就能继承并发扬吗？传统学问，本来即有道问学与尊德性之分，汉学与宋学之争，义理和考据，有些人认为是一致的，训诂明而后义理明，有些人则批评文字考证徒然死于句下，或只是基础性的学问，非能“极高明”。当时中文系征实有余，高明不足，汉学气氛太强，而宋儒所谓身心性命之学未及强调，遂也常引来学生之不满。

受压迫者，通常只能逆来顺受，或敷衍以对。前者无奈，后者应付，我就学那时便不乏此种气氛。有位同学，自己去做了件衬衫，背后大书“all pass”以示人生只求顺利毕业了。此外则或望望然而去，自己到系外或校外打工，寻乐子了。只有少数人敢于奋起抗争，希望能开设现代文学课程或邀作家、文化人来校讲课，以活络思想、调节气氛。

当时我系左海伦老师竟为此与系主任于大成先生在报上打笔仗，才得以开了一门现代文学课。其他学校同时也有此类争议，可是同样未能撼动中文系之格局、精神与方向，只是获得了些栖息权而已。成就最大的，则是被划出中文系之外，另行成立了文艺组，如文化大学那样。然而，作家是能被培养的吗？后来的实践，证明了这番抗争只是把自己陷落到更尴尬的境地去。

幸而校园并不只有中文系，某些期待是可以在系外得到满足的。比如国剧社、书法社、孔孟学社、诗社、新文艺社团，都与中文系师生关系密切，等于中文系之分舵，学生在课程框架中不能获得的一些需求，往往可以在这些社团中得到慰藉，稍示平衡。像我就几乎参加了上述所有社团，玩得不亦乐乎。

我不是特别喜欢反抗的人，或者说反抗可以稍缓些，先就要享受中文系那古典的课程与气息（时至今日，大陆已有许多地方打出“古典学”的名号，包括治外文、讲西学的领域，都常感过去骛新太过，不免实用取向，故要回头“旧学商量加邃密”。这种趋向，也令我庆幸当时没有率尔抗争，反而是在这套课程及气氛中充分打好了古典学的基础。这种童子功，跟现在垂老才想修炼经史、小学的朋友迥然不同）。我几乎把所有的课都上了，能参加的社团都参加了，此外自己还另有功课，每日优游沉浸于其中。

我自己的功课，不是静坐冥思，而是更深地进入这种古典学术体系中去。老师教我们点读《十三经注疏》，我就广之以作《庄子注》。大一便着手把所有能找到的《庄子》注释书都备齐了，发蛮劲硬干，写了十几万字。大二认为谢朓是六朝入唐的关键，故李白“一生低首谢宣城”，乃以论述体作《谢宣城诗研究》。大三重新梳理先秦学术，谓九流十家源本史官，故观其学术，须统之有宗、会之有源，作《古学微论》。数易其稿，又数十万言。大四则作《近代诗家与诗派》，以继汪方湖之《近代诗派与地域》，把传统诗最后一段风光揭示出来。这些，都是针对一个主题，大规模阅读，自己构想思路，自己深度研究及写作策略的尝试，成为尔后我读书做学问的基本模式。自己找题目，自读自思，自作文，每年七八十万字。

如此课外用功，并不妨碍我课中学习，老师们大约以为孺子可教，还常为我开小灶，深入指导。如诗，张梦机老师就常替我批改习作，并协助我成立诗社，带我们去阳明山等处玩，参加诗坛大佬之集会。诸如此类，不可殚述，我在几本自述回忆中约略讲过一些，窥豹一斑，可概其余。师生关系俨然父子弟兄，与现代化教育截然异趣，绰有古风。

我把这种状态看成是“群己关系”的一种处理。

群有群的存在理由，也有它想完成的任务或使命。且既是群，便有组织规矩。入群者既受群的保护，自然也受其束缚。离群索居，无所羁绊，却是做不到的。衣食生养之资，无不仰仗于父母社会，思维和行动当然也不可能完全绝去依傍。可是人既在群，又不能隐匿于其中而无自家面目。自己与其他人终究不同。所以从小孩子开始辨识什么东西是“我的”起，人的成长即是一个自我塑造自我的过程。我的样貌，我的想法，我的行动，我的东西以及我所创造的，构成了人生的追求。而这一过程，一方面是离群，一方面却又入群，例如离开原生家庭，却进了社会，又再自己组织了家庭。离了的，只是小群，自认为这就是成长了，独立了；而实是结合进了更大的群。要在这个群中实现自我，则群己关系并不就只是严复翻译约翰·斯图尔特·穆勒《论自由》（严复译本名《群己权界论》）那么简单。群与己是离而合、合而离的，权界从来不清楚，需要斟酌权衡于其间。

我的自我于是既隐匿于中文系这个小群之中，顺服地学习这些课程，享受着带有古意的师生关系。对传统这个大群，也已真正入乎其内，潜移默化了。可是我自有功课，自辟道途，对传统，要自我形塑出我的面目、我的见解，渴望发出我的声音。这又不能不说是在张扬个性、自造其天。群乎己乎，双是而双非乎？

我的中文系生涯，并未止于大学这个阶段。从淡江大学毕业后，又延伸进了“台湾师范大学国文研究所”。

师大的经学、小学气氛更甚，因为它便是我大学时经学、小学的气氛的主要来源。当年台湾中文系，两大分疆，略同武术中之少林、武当。其他各校，师资颇自两校来，故亦可略分为偏台大或偏师大之系统。台大以继承“五四”为自我认同或号召江湖之旗幡，较具现代意识。师大则号称是章太炎、黄侃之学脉，传统主义较盛。两校合作很多，异见也不少。淡江风气，兼容并蓄，故我考进师大后，于其体系并不陌生，只是性气憨梗，在群己关系的处理上未能再如在淡江时那般优游从容了。

时代也渐生变化。中华文化复兴运动已近尾声，新时代的文化建设开始被关注、被讨论了。中文系古典之壁垒受到了更强的时代冲击，似已不能不起而回应。

一是它的思想性要求已越来越高。经典阅读和考证技术不再那么重要，因为仅仅如此，不能替新的时代提供思想导引。在文化复兴运动时，传统就已经遭到了质疑，那时勉强用传统与现代并存的方式保障了传统存在的必要性，而且在文化传统在大陆遭扫荡破坏之际，台湾能保存传统就已功德无量了。现在可不行，传统必须融入社会之现代化进程中，甚至还要筹思传统如何才能有助于现代，导引现代。仅是章句训诂，碎义逃难，殊不能餍足社会之需求。

二是它与世界学术能否合流或接轨？不好说中文系只能是现代学术的化外之地，它既讲哲学，讲文学，不能放到世界的格局中讲吗？或反过来，充满国族主义色彩的中文系学术，外国人，或用外国学问就不能治吗？

新儒家、比较文学之风渐盛，即起于上述诸原因。新儒家是讲中西哲学会通的，比较文学是移用西方文学理论来丰富中国文学之诠释的。它们暂时满足了中文系的时代需求，故也渐渐转变了中文系的体质，人力开始朝向新板块移动。

我在此间，虽仍写着《孔颖达〈周易正义〉研究》这类经学论文，但已开始发展现代性探索了。首先，表达方式，白话已渐多，大学阶段几乎是不写白话文的。其次，本来是拒绝学习外文才进中文系的，一读洋文，立刻想起“汉人学得胡儿语，却向城头骂汉人”的故事，发起民族主义之气概。现在却开始啃洋书，钻研西方理论了。与此同时，我还参与一系列古籍今释工作，把传统文学推介给现代人，既介绍了传统，事实上也让传统穿上了现代的新衣，其灵魂与意义可能也现代化了。

硕士毕业以后，我回到淡江中文系教书，并兼做张校长秘书。但这回迎接我的不再是古典的怀抱了，张校长讲未来学、资讯革命、后工业社会，办《明日世界》，我不懂行吗？因此只好提前跨越现代，匆匆跨进了后现代。各种理论如雷轰电闪，暴袭于身畔，震得我有点晕眩，需鼓勇奋前，方能废险如夷。

不唯要如此穿梭于前现代、现代、后现代，还要在中西之间觅活计。中且不说，西既有古今之变，还有资本主义、社会主义两大思路之争，都对近代中国影响深巨，我们应在其中采取什么立场？

一个中文人，只有到这时候，才能体会传统学问之价值与意义问题，因为若不能回应这些时代的大课题，传统之诗云子曰、诗词歌赋，终将只是一场风花雪月的梦或文字游戏。

我于此渴求突破，找到出口。故博士毕业后，某博士团体办研讨会，邀我作文讨论博士教育，我便把我的期待写成内容。结果发表时引发轩然大波，誉我者，认为终于踏出了改革的脚步，批评我的，则谓我欺师灭祖。

但我的批评确实对中文系之现代化起了推动作用，写论文需有问题意识，需具备客观规范，要注意方法，成为尔后大家的共识。

我因此而暴得大名，随后推动的一系列改革，乃至我主持的淡江中文系所，在一段时期内也都成为新的旗帜，博得了社会许多关注，吸引了年轻的学子的注意，仿佛魅力无限。每届古典文学会选举理事，我也总能获得超高的票数，仿佛鼓舞我再去冲锋。

可是这“传统与现代”的课题，我真站对了位置吗？我自己却是存疑的。

当年的努力，是让中文系可与现代学术体系接轨，从方法意识、写作、发布方式上改变中文系的传统。其意义、价值、贡献毋庸自讳。但现代社会的基本逻辑，其实不是学术这类价值和意义问题，乃是利益与效益。从前老先生们读书养心，目标一是成就自己，所谓为己之学；二是成就文化价值，所谓为天地立心，为往圣继绝学。现代性作业底下的教育和学术生产，目标却不是这些。论文是要记数量，讲指标的，多少篇，发在什么刊物上。指标则关联着你的升迁、薪资、奖励。学者本此欲心为学，其弊不可胜言。

而论文一旦格式化、技术化，它与技工之作业又有何不同？学者不沦为技术工人者少矣。科学性、客观性的探作之下，性灵与个性，不被汩灭者，亦可说是“几稀矣”了。何况，学术研究中还有许多类型是不应被论文取代的，例如编年谱，写札记，作论诗、谈艺之诗，编主客之图，排点将之录，都不是论文，都不该做吗？过去章太炎、王国维的著作也不是现代论文，并没有因此没了学术价值，可见做学术有能参与世界体系的，也有不需参加的。过去我们认为中文系顽固保守，可是这种保守，不也显示了对传统文化的高度维护和深度痴迷吗？一旦将经学拆解成现代各种学科，如语言学、人类学、历史学、社会学等，经学之意义与性质就不复存在了。中国文学，用现在这种方式教和学，也都是要亡的。

总之，现代化之巨轮终是碾压了一切不驯服者。中文系转型了，也失去了支撑它的灵魂。我也因时事之牵扰，先是离开校园去做官，再则回到校园，却是去了中正大学历史研究所，算是告别了中文系。后来办南华大学、佛光大学亦都没设中文系，而是把中国文学系和外国文学系合并，成为文学系，彻底拆解了中文系这个框架。事实上，也就是拆解了我心目中中国文化之象征的殿堂。

这个殿堂，或许实际上已经消亡，因为其中已缺中国文化之价值和理想。只依学界规矩，如一架机器般仍在运行着而已，总的目标存在的意义是什么呢？我离开久矣，未得闻矣，颇愿仍身处其中的师友，能举以告我，让我听听故乡的声音。

或许它也并不愿意消亡。可是，时代仍如当时塑造它身份时那样，塑造了现今它尴尬的角色。台湾，在想确立自己的地位时，似乎选择了与过去背反的路。过去维护传承，发扬中华文化的功绩，越来越不愿提起；越来越想摆脱中国的符号，大声喊出台湾的名。这个新倾向，落在中文系身上，就是另起炉灶，分裂或另立出台湾文学系。

别的学校的情况，不好多谈。我自己在佛光校长任内，就接到教育部门的公文，交代尽快设立台湾文学系。

读者或许不懂教育行政，看到这句话，可能没啥感觉。对我们办学的人来说，却是兜头一盆冷水。因为每个大学要办什么科系，需经教育部门审核，师资、设备、学术需求、课程规划等，考核一大堆，通常还左刁难右牵制，没这样政治领导教育，给额度，给经费，直接开后门的。政界导向如此，中文系之处境自然越见艰难，消亡虽还不至于，萎缩恐怕是必然的。

于此，我惘焉伤怀，夹杂在天人关系、群己关系、传统与现代关系之间的我以及我的中文系，目前在它与时代的关系上，还能不能再“轻舟已过万重山”呢？

# 那时国学唱着歌

弘一法师还叫作李叔同的时候，写过一首歌：《送别》，至今恐怕没有人不会唱。“长亭外，古道边，芳草碧连天。晚风拂柳笛声残，夕阳山外山。天之涯，地之角，知交半零落；一觚浊酒尽余欢，今宵别梦寒。长亭外，古道边，芳草碧连天。晚风拂柳笛声残，夕阳山外山。”许多人都说非常有中国味儿，还有人视为佛曲。

在台湾，我也听林海音先生说过，她在北平上小学时，学堂里就常唱这歌。她的小说《城南旧事》拍成电影，也用这歌做了主题曲。是的，1914 年李叔同在日本，借用了日本流行歌曲《旅愁》的曲调，“旧瓶装新酒”填成《送别》。同时留学日本的沈心工也依同一曲调，写成《昨夜梦》。而实际上，日本这首歌也是借用，旋律源自美国歌曲《梦见家和母亲》，作者是约翰·P. 奥德威。

## 一、国学唱歌集

这是当时一种风气和需要。风气是要引进西方文化，需要是要移风易俗，所以从音乐入手。方法呢？基本是拿来主义。

这一思路，始于戊戌变法。康有为上书的《请开学校折》就已提出要增设“乐歌”课程。梁启超也呼吁，“今日不从事教育则已，苟从事教育，则唱歌一科，实为学校中万万不可阙者。举国无一人能谱新乐，实为社会之羞也”。

庚子事变后，1902 年（光绪二十八年），颁布《钦定学堂章程》，乃规定学堂开设“乐歌”一科。1909 年《修正初等小学课程》进一步规定，凡初等小学堂中必开设“乐歌”课，高等小学堂中需增设“乐歌”课。授课内容且明白记载了单音歌、复音歌的教学以及表谱的使用。表示官方已经接受了西化的音乐教育内容。

从国外归来的沈心工（1903 年回国任教）、李叔同（1910 年回国任教）等人，从这个基础上再往前走，就出现了“学堂乐歌”。起初多是用日本和欧美的曲调填词，后来或用民间小曲填词，或新创作。如欧洲儿歌《两只老虎》，被填成《国民革命歌》：“打倒列强，打倒列强，除军阀！除军阀！国民革命成功，国民革命成功，齐欢唱，齐欢唱！”

其内容或要求富国强兵、抵御外侮，或宣传破除迷信、妇女解放，或传授科学文化知识、宣传民主和提倡科学文化思想。随着学堂乐歌的发展，西洋的歌曲，演唱形式，钢琴、风琴、小提琴等乐器，新的记谱法——五线谱和简谱，西洋音乐的基本乐理等，皆由学堂传授而逐渐扩及于社会，影响深远。著作，有沈心工编《学校唱歌集》（1904年）、曾志忞编《教育唱歌集》（1904年）、辛汉编《唱歌教科书》（1906年）等。著名的歌曲有《中国男儿》《何日醒》《男儿第一志气高》《黄河》《革命军》《祖国歌》《送别》《春游》《苏武牧羊》《木兰辞》等。李叔同1905年出版供学校音乐课用的《国学唱歌集》，则是其中最知名的。国学唱歌，乃是面对西方现代文明冲击后的响应。

响应的内涵，一是对现代性的追求，如科学、民主、民族国家的建立等；二是对现代性之反省。如蔡元培所说“以美育代宗教”，讲的就是现代人在人天破裂、远离上帝之后，价值当如何归止的问题。美育便因此被拿来作为救赎之用。同理，西方现代社会之扩张，我国深受伤害，因此音乐也应用来救赎，挽救国族之沉沦。这时，他们对现代性，乃是既迎又拒的。接受着西方音乐之全部体系，而又想在此中找到民族的地位。所以，那时的国学唱着歌。

## 二、国学寻歌集

我比李叔同小七八十岁，可是我并没有脱离“学堂乐歌”的时代。读小学、中学，上音乐课，仍徘徊陶醉于《春游》《苏武牧羊》《木兰辞》《送别》的旋律中。但是，时代毕竟不同了，被戊戌变法、五四运动、现代化压抑已久了的传统性，终究还是要探出芽来。

读大学时，我常与友人去台北郊区一处叫鸬鹚潭的地方。地肖小三峡，两岸峭壁石立，苍崖杂花，森丽非常。潭水则深窈作鸭头绿。

我摇橹而往，宿潭上竹楼，再泛小舟于碧波怪石之间。这时，友人取洞箫或横笛，兀自吹奏了起来。其乐也，何让东坡之赤壁？

我大学中文系这些友人，多是“国乐”社的。台湾的“国乐”，大陆称为民乐，新加坡称为华乐。一般人也称它为中乐，以与西乐相对举。

但整体来说，无论哪里，都是西乐占了绝对优势的。学校教育系统中，如上所述，都是西乐，或“学堂乐歌”之遗风。市井间传唱的东洋西洋歌曲，更是洋洋乎盈耳。传统音乐只保存在京剧、豫剧、昆曲、越剧等戏曲中。待有兴趣的少数人自去觅来体会。

先父嗜京剧，能操京胡。暇日辄邀票友到家里唱愉一番。因此我入学后便也很想探探传统音乐戏剧之窔奥。可惜中小学校里并不讲究这些。故须一直等到上了大学才有机会参加“国乐”社，去领略一二。

我吹奏拉弹都很笨拙，但我喜欢那个气氛，常在那儿瞎混。

然而混久了，也不免有些疑惑，觉得除了乐器与西乐不同外，观念、精神、曲式、演出方式似乎差异不大，甚至演出时也用大提琴。我那时当然还不甚清楚“国乐”交响乐化的趋势，可是已有另寻“国乐”真相、真精神的想法。

那时除了京戏、昆曲、大鼓书等传统戏曲外，可参考的，还有传统诗词吟唱。

台湾的诗社，起于明郑时期。入清以后，比大陆一般省份都还要盛，虽经日本殖民统治而不衰。因为日本人也是作汉诗的。各地诗社骚坛雅集多带吟唱，有些还有自己特殊的腔调。例如流行于鹿港的称为鹿港调，天籁吟社的称为天籁调等。大学里，讲授古典诗词时多半也吟唱。当时成功大学李勉先生号称能唱宋词，我们都很惊奇。张梦机老师也就找了一份录音带，是姜白石自度曲的复原，女声配笛，拎着录音机来我们班上放，师生环坐听之。

这种吟或唱，并非习作诗词的点缀，反而常是主业。20 世纪 70 年代以后，师大邱燮友、王更生几位教授即曾特别录制了一批录音带。除在市面流通之外，更可供中小学教学时参考。

我自己读到博士班时，林尹老师教诗学研究，基本上也还是拎一大录音机来，让我们每个学生对之吟哦，然后放出来大家听，看哪里唱得不对。所以吟唱一道，由小学到硕儒，大抵在 20 世纪七八十年代均视为习诗填词之必要功夫。

但京戏、昆曲等乃是明清音乐，诗词则只是仿佛于唐宋，而唐宋之曲实已不可知。中国音乐之堪探究者，仅此而已乎？

徜徉在上述看来甚为丰富的音乐传统中的我，仍不满足，仍有所憾。教我《战国策》的白惇仁老师遂拿了他写的《诗经音乐文学之研究》给我，让我仔细研读。

《诗经》在古代是歌曲集。后来古乐沦亡，不复可歌，才成为一本文学性的诗选。这种古代雅乐，到底是什么样的？白老师利用赵彦肃《风雅十二诗谱》、明朱载堉《风雅十二诗谱》、张蔚然《三百篇声谱》、清乾隆《钦定诗经乐谱全书》、陈澧《风雅十二诗谱考》、《律音汇考声字谱》等，参稽考证，用力甚勤。但我看他也只能说是音理已明而已，尚不能唱奏。

博士毕业以后，执教上庠，又兼了中国古典文学会会长，便想到了以推广来带动研究之法。

于是与陈逢源文教基金会合作，每年举办大专青年诗人联吟大会。年轻人每年聚到一处，赓吟酬唱。在作品付评时，则举行吟唱比赛。待吟唱结束，左词宗、右词宗也就把诗歌作品评选出来了。故随即颁奖，皆大欢喜。许多青年喜好诗词，但创作才华较差，也可以在吟唱方面获得肯定，无形中亦鼓励并扩大了参与，因而历届各校参会均甚踊跃。

为了竞赛争胜，各校访求古谱，搜求特殊唱腔，不遗余力。这就推动了研究，每每有令人惊喜之举。

我就记得有次中兴大学演唱《诗经·小雅·蓼莪》，我正在会场后方忙着安排会务。遥望舞台，距离太远了，人影均已迷离。但诗声一出，我心头一震，眼泪竟不觉夺眶而出。原来这正是一首孝子思亲的诗呀，乐之感人，竟至于斯！

我后来找到他们，问此谱从何而来，为何居然能唱？答曰民间仍存。近年来我在大陆各地考察礼俗，也知道民间亦仍有于丧礼时唱《蓼莪》的。礼失求诸野，果然不谬。古乐之考证，除文献外，尚需佐以此类调查，否则殊不足以知中国音乐曲度、节奏之韵趣与精神。

我自己更做过挽歌的研究。心想丧祭之顷，既然最能动人，《蓼莪》之外，古之挽歌当然也可以复制出来试试。因此排出《招魂》。《招魂》无谱，但乐理可知，故即不难唱奏出。

后来我办南华大学，办雅乐团，大抵即本此理。方法一是考文献；二是查民间，旁稽日本韩国；三是依音理推断复原。音理除了中国音乐该有的曲式、节度特征外，还有许多讲究。例如隔月用律，十一月用黄钟宫，十二月用大吕，正月用太簇，一年选用七个宫调。再者还须考虑季节。春用角调，夏用徵调，秋用羽调，冬用商调。奏者春衣青，夏衣红，秋衣白，冬衣黑。四季可用之调，唯有宫，衣黄。不明此理，就是给你谱，你也演不出，奏不成。而且谱上所载，例如佾舞，乃是宗庙祭祀用乐。故一字一音，一音四拍，无装饰音，以显示庄严，却并不是所有古乐都如此。凡此均应细辨。

总之，创办雅乐团可说是恢复中国音乐文化的一大步。如今二十几年下来，不仅《诗经》《楚辞》，自汉魏《相和歌》《清商曲》以下，到明清俗乐十八番锣鼓，我们都做过。

古琴也是在南华开始推广。所有学生都学。不是一部分专业音乐科学生，也不是在社团，而是正式课程。学习之法更不仅在课堂，是由进木材厂开始的。海峡两岸，在大学里开设古琴课，以此为嚆矢。如今我在大陆也推动过几个古琴社、古琴研讨会，参与大学生古琴音乐会。看着古琴复苏，心中真有无限欣慰。

## 三、国学不唱歌

不过，我的这篇文章不是要介绍我的中国音乐之旅，说说这趟旅程中某些风光，只是要表明我对现代音乐和民族音乐发展之路数都是不认同的。对于谈中国音乐而仅知京剧、昆曲等明清部分，亦以为不足。故拟由诗词吟唱上溯，欲复古之雅乐，再昌未来礼乐文明。

现在流行的做法，仍是一百多年前老掉牙的办法，学来、抄来、拿来、改词、翻唱。号称有点古典素养的，或号称中国风的，亦是现代作曲家，以现代人的情感，对古典的所谓领会，吸收得半通不通之古音乐元素，放入现代音乐的编曲框架中，再由现代歌唱家演绎唱出，歌词则半通不通。只可说是一种有古典情怀的现代歌曲，与中国音乐乃至国学并无直接关联。

现今的国学教育，又是由儿童读经开始重新恢复的，与音乐也没大关系。经典诵读，功效良著，不待赘言。但有个绝大的问题，就是仅求诸文字，以背诵和记忆为主，甚或视为唯一内容。中国古代儿童教育其实并不如此，是以演礼和习乐为主的。王阳明论童蒙教育，以诗吟唱游为之，即是此意。今既不习礼，又不吟唱。无诗情与乐悦浚发于其间，徒事记诵，颇嫌桎梏性灵。

其次，中国音乐，向来不是孤立的音声，而是与文化配合的。我在上面曾举例古乐隔月用律，四时节令不同，乐调也不一样。事实上，乐曲为谁演奏也还有不同。比方替一个人祝寿，这个人生辰八字的五行配属如何，什么月份演奏，所用的曲调就应考虑五行生克的配置，因此它复杂，非仅曲度铿锵而已。

另外，中国音乐的挖掘，还应充分注意地方资源。例如乐府诗的研究，惯例是依曲调分，郭茂倩《乐府诗集》就是这么处理的。但因乐府的曲式、音调今皆已不可考，故近来的研究不得不转向歌曲之故事和作者身份上做文章。我不敢菲薄此类研究，但另一种观察乐府诗的脉络也许更可参考。这脉络就是地理。

以地理来观察音乐，其实也是老方法。孔子编《诗》时，风、雅、颂之大框架固然是用音乐来分，但风之内部就是以地理分的。十五国风，地不同，声自然也就不同。

乐府诗的原理也一样。例如《吴声歌曲》《西曲歌》虽皆属于《清商曲辞》，而一为吴地之歌，一为长江中游曲调，两者声情遂别。吴歌之《青溪小姑曲》《白石郎曲》，唱的乃是南京一带的故事，故不能泛泛视为一般神歌，乃是地域性极浓的。另外像《春江花月夜》，也不能泛咏一般的春月江水，必须是与金陵花月直接相关。温庭筠《春江花月夜》说"秦淮有水水无情，还向金陵漾春色"，即缘于此。诗人绝不会用此曲调去咏黄河或巴蜀之春月。

同理，《西曲歌》中《石城乐》出自湖北竟陵，《乌夜啼》作于南兖州。《估客乐》写樊邓间事，《襄阳乐》《襄阳蹋铜蹄》《江陵乐》《雍州曲》《三洲歌》更不用说了。三洲，乃商旅来往巴陵三江口之歌，与《估客乐》《贾客乐》一样都有行商估旅之情，但若用来咏江南商贾便不合适。

江南另有一批歌，叫《江南弄》，包含《采莲曲》《采菱曲》。夏天何处不开荷花？何处不可采莲、采菱？然而，若作《采莲曲》《采菱曲》，却不能泛写他处，必须是江南莲菱。所以李白的《采莲曲》说"若耶溪畔采莲女，笑隔荷花共人语"；贺知章则说"稽山云雾郁嵯峨，镜水无风也自波"，若耶溪、会稽山、镜湖都在浙江。王昌龄说"越女作桂舟，还将桂为楫"，齐己说"越溪女，越江莲，齐菡萏"，更都直接说是越女采莲。

凡此皆可见古人作乐府诗，拟题之外，还须考虑它的声情。而声情即包括了这个曲子到底是写何地物事的考虑。我们读乐府诗，同样也须注意这种地理因素。

因为很明显，凡写边塞事，多在《横吹曲》中。《横吹曲》原是北狄乐。北狄乐后来分成两部，有箫笳者为《鼓吹曲》，用于朝会、道路、给赐；有鼓角者为《横吹曲》，用于军中。曹操征乌桓，燕魏之际的鲜卑歌，北朝慕容垂及姚泓时的战阵歌曲，胡歌等俱属《横吹曲》，因此那里面都是陇头、出关、入塞、出塞、折杨柳、关山月、落梅花、紫骝马、骢马之类，感边戍、伤离别，而怀念“洛阳大道中，佳丽实无比”（沈约《洛阳道》）。六朝及隋唐人写边塞，均用这些题目，依题目与声情之内容来大谈边塞，大抵不是真有其事，文类规范至为明显。

另外，《相和歌》中也有《江南可采莲》。据郭茂倩考证，梁武帝作《江南弄》之《采莲曲》《采菱》诸曲，源头即在于此。但《江南弄》的采莲、采菱专就吴越之采莲说，《相和歌》的采莲就不一样。原因何在？因相和三调本出汉房中乐，原先都是楚声。在楚声这个脉络底下讲《江南可采莲》，江南所指之区域就要比《江南弄》的江南大得多，且比较偏上游。所以你看梁柳恽所作，云“洞庭有归客，潇湘逢故人”，沈约说“擢歌发江潭，采莲渡湘南”，都泛及湖湘。刘希夷所作，说“潮平见楚甸，天际望维扬”“暮春三月晴，维扬吴楚城”，又包涉吴楚。到李益的“嫁得瞿塘贾，朝朝误妾期。早知潮有信，嫁与弄潮儿”就讲到瞿塘峡了。这是江南吗？若不知此曲本出于楚调，岂不要对之一头雾水？还有《相和歌》中的《楚调曲》，不过这类曲调中有《泰山吟行》《梁甫吟行》《泰山梁甫行》的，乃以楚曲言人生之哀，以泰山为人死后魂魄归往之所；与《楚调曲》多写《白头吟》《长门怨》《婕妤怨》《长信怨》《玉阶怨》，表达人生怨离之感相似。泰山这个地名有特殊含意，故凡作《泰山吟行》《泰山梁甫行》皆有“蒿里”“薤露”之意，主题明确，地理意涵亦甚为确定。

另有专吟楚事者，如《楚王吟》《楚妃叹》《楚妃曲》《楚妃怨》等，收在郭茂倩《乐府诗集》中《相和歌》的《吟叹曲》中。

与专门咏楚事的这批作品类似的，还有《蜀国弦》，也属《相和歌》。本来乐府古辞就有《巫山高》，属铙歌。后来用此题者多径咏巫山之高，北齐虞羲说“南国多奇山，荆巫独灵异”，梁元帝说“巫山高不穷，迥出荆门中”都是。《瑟调曲》中的《蜀道难》也是如此。《乐府解题》说此曲“备言铜梁玉垒之阻，与《蜀国弦》颇同”。凡作此者，未必身历蜀道之难，而言其险峻皆同，也都属于依题拟作之性质。

其他特显地理含义的，还有《瑟调曲》的《陇西行》《雁门太守行》《饮马长城窟行》《蒲阪行》，都写边塞事。与《横吹曲》中那一大批边塞诗可以互参。

此外该注意的就是一些京城诗了。京邑本就是诗赋中一大类，乐府亦不例外，如《郊庙歌辞》《燕射歌辞》，郭茂倩所收凡十五卷，全都作于京城，亦用于京城之各种典礼中。《鼓吹曲辞》中凡写出师、还朝、入朝、校猎、送远、凯旋、君臣之乐等也都是如此。

但此类曲辞虽备显朝廷威仪，可见京城之气象，毕竟仍非直接描写城市景观及都中人民生活状况。《横吹曲》中的《洛阳道》《长安道》,《清调曲》的《长安有狭斜行》、《瑟调曲》之《煌煌京洛行》就直接描写了。

这类歌，多是刻画京师之繁华，王孙重行乐，公子好游从，而且佳丽遍地，游侠汇聚。一种奢华、放纵、世俗化的世界跃然纸上。

《清调曲》中的《相逢狭路间》《相逢行》也属此类。题目上看起来并无地理上的专指，但实际上不是在随便哪条路上狭路相逢，而只能是在京城。故李白《相逢行》一开头就说“朝骑五花马，谒帝出银台”，昭明太子的《相逢狭路间》也以“京华有曲巷，曲巷不通舆”开端。

京城乃游侠窟，故戴暠《煌煌京洛行》说：“欲知佳丽地，为君陈帝京。由来称侠窟，争利复争名。”此类京邑描写的另一批亲戚，就是讲少年游侠的《少年行》《结客少年场行》《少年子》《少年乐》《汉宫少年行》《长乐少年行》《长安少年行》《渭城少年行》《轻薄篇》《游侠篇》《灞上轻薄行》《游侠行》《侠客行》《博陵王宫侠曲》《游猎篇》《行行且游猎篇》《游子吟》《壮士行》《壮士篇》等。这些游侠诗，乃京城书写的一环。郭茂倩列在《杂曲歌辞》中，讲的不是一般的游子，而是对城市里游侠少年生活状态的刻绘，从一个特殊角度来呈现都市之奇异景观。

这种都市主要是京洛、长安，有时也旁及其他都市，那就是曹植《名都篇》这种。诗云“名都多妖女，京洛出少年”，郭茂倩解释道，“名都者，邯郸、临淄之类也”。《少年行》这类曲子，就果然也有《邯郸少年行》。宋刘义恭《游子移》则说：“三河游荡子，丽颜迈荆宝。……绸缪甘泉中，驰逐邯郸道。”邯郸游侠与京城侠少一样，都属鲜明的城市风景，足堪留意。

## 四、国学还应再唱歌

我们现在处理音乐，除了宫廷王朝雅乐、学塾吟诵之外，乐府传统的这一大批地域性曲谣，就是一大线索与资源。不了解这些，明清以来地方戏曲歌唱便不易理清其脉络。今年春初，旅次扬州，友人安排我听扬剧唱曲。我日记中曾载：“昔未留意，兹乃有黄鹂夜莺之叹。其间既有朱权所遗之曲，亦有为近世流行歌曲，如周璇《天涯歌女》甄录之调，婉转关听，足移人情。”正可为我上述说法做一则小脚注。而目前音乐界所谈的民歌，其实与我讲的这些无甚关系，基础是20世纪六七十年代的民歌调查，下延及于现在的非物质文化遗产保护。传统文化内涵之探讨，尚待深入。诗词吟诵界，则对吟、诵、歌、咏、说、唱、赞、曲都还分不太清楚；推广的调子，又多只是私塾或老先生个人诵读之土腔，单调、音色沙哑、音质粗糙、节奏简易且少旋律，多不能上接于乐府传统。因此目前可说仍属于国学不歌唱，歌唱也不国学的阶段；至于新国学、新歌唱，那就还早着呢，如何开展，我另篇再来报告。现在，且让我们先送别李叔同吧！